미라클
테이머
MIRACLE
TAMER

미라클 테이머 7

인기영 장편소설

초판 1쇄 찍은 날 § 2017년 2월 3일
초판 1쇄 펴낸 날 § 2017년 2월 10일

지은이 § 인기영
펴낸이 § 서경석

편집책임 § 이창진

펴낸곳 § 도서출판 청어람
등록번호 § 제387-1999-000006호
등록일자 § 1999. 5. 31
어람번호 § 제1-2623호

주소 § 경기도 부천시 부일로 483번길 40 서경B/D 3F (우) 14640
전화 § 032-656-4452 팩스 § 032-656-4453
http://www.chungeoram.com
E-mail § chungeorambook@daum.net

ISBN 979-11-04-91192-7 04810
ISBN 979-11-04-90882-8 (세트)

미러클 테이머

인기영 장편소설

FUSION FANTASTIC STORY

MIRACLE TAMER

[완결]

도서출판 청어람

미라클 테이머

MIRACLE TAMER

CONTENTS

Taming 70
덫

전쟁을 선포하고 난 이후, 정부와 레지스탕스, 그 어느 쪽에도 속해 있지 않은 비욘더 300여 명은 어쩔 수 없이 입장을 정리해야 했다.

정부에서는 그런 비욘더들에게 훗날의 영광을 제안하며 손을 잡는 게 어떻겠느냐 제안했다.

레지스탕스는 아무것도 하지 않았다.

이미 레지스탕스 측에서 두 번이나 퍼뜨린 동영상엔 대한민국의 진실이 담겨 있다.

생각이 제대로 박힌 사람이라면 정부에서 어떤 말로 꼬드기든 레지스탕스로 걸음을 할 것이다. 시간이 얼마나 걸리든 상관없었다. 언제라도 스스로 온다면 받아준다. 그것이 레지스탕스의 방침이다.

하지만 레지스탕스가 손을 내밀었을 때 잡는 인간은 필요 없다. 자신의 뜻을 확고히 하지 않는다면 훗날 언제 또 흔들릴지 모르는 일이다.

아울러 정부 측에 속한 비욘더들은 다음에 마음을 바꿔 먹는다 하더라도 받아줄 용의가 없었다. 눈앞에 닥친 돈과 명예에 영혼을 판 자들이다. 그런 족속들은 믿을 바가 못 된다.

해서 정부와는 달리 레지스탕스는 그저 기다릴 뿐이었다.

그럼에도 과반수가 레지스탕스를 택했다. 찬란한 미래를 보장받고 정부 소속이 된 건 50도 채 안 되는 수였다.

이로써 모든 비욘더들의 소속이 확실히 정해졌다.

정부 소속 비욘더의 수는 532명. 레지스탕스 소속 데스페라도의 수는 724명이었다.

수적으로 레지스탕스가 우세했다.

하지만 전력적으로 우세하다고 보기에는 힘들었다. 무엇보다 황제 진태랑의 힘이 가장 무서웠다. 그는 순수한 육신의 힘으로 다른 비욘더들의 모든 능력을 짓눌러 버린다.

아울러 여차할 경우 다른 비욘더의 몸을 빼앗을 수도 있다.

때문에 그를 어떻게 상대해야 할지가 관건이었다.

위험 요소는 또 있었다.

바로 군대였다.

정부는 군대를 제들 멋대로 다룰 수 있다.

이미 군대는 국가기관이자 정부의 꼭두각시나 다름없다.

국방부의 수뇌부들은 정부와 붙어먹으며 오랜 시간 동안 비리를 저질러 자기 배를 채웠다.

아무리 정부가 천인공노할 짓을 저질렀다 해도, 이제 와서 등을 돌릴 수는 없었다. 그 순간 정부는 국방부의 비리를 터뜨릴 것이다. 그렇게 되면 국방부는 정부와 마찬가지로 국민의 적이 된다.

국방부로서 선택할 수 있는 가장 좋은 방법은 정부와 힘을 합쳐 레지스탕스를 토벌하는 것이다.

그렇게 해 다시 정부가 유일한 세상의 지배자가 되어버리면 문제는 사라진다.

이후의 상황은 정부가 알아서 처리할 것이다.

국민들에게 갖가지 혜택과 선행을 베풀며 달라진 모습을 보여 현혹시키든가, 아니면 말 그대로 약육강식의 시대를 알리며 그들을 지배하든가.

국방부 입장에서는 손해 볼 것이 없었다.

해서 그들은 정부의 손짓 한 번에 전군을 이끌고 나갈 준비가 되어 있었다.

한편, 레지스탕스는 정부가 먼저 움직이기를 기다렸다.

그러다 12월의 마지막 날 자정, 새해로 넘어가는 시간에 드디어 사건이 터졌다.

*　　*　　*

이번에 맞는 새해는 유독 우울했다.

전 같았다면 축제의 분위기 속에 전국이 떠들썩했을 것이다. 하지만 언제 정부와 레지스탕스가 맞붙을지 모르는 긴장감 속에 세상은 고요하기만 했다.

다들 어지간하면 집 밖으로 나오지 않았다.

낮에도 그랬고 밤은 더더욱 그랬다.

언제나 불을 밝히고 사람들을 기다리던 유흥의 골목들도 전부 빛을 잃었다.

그러다 보니 뒷세계 생활을 하는 조폭이나 그들과 연관된 이들은 갈수록 사정이 궁해졌다.

인천 지역에 보금자리를 틀고 있는 상준파도 그랬다.

상준파는 조직원 일곱으로 꾸려 나가는 작은 단체였다.

몇 년 동안 고생만 하다가 얼마 전, 인천을 주름잡는 동철이파의 눈에 들어 도움을 받아 룸 하나를 오픈했다.

이후로는 딱히 동철이파와 엮일 일이 없었다.

동철이파는 상준파가 어떻게든 먹고살려는 모습이 귀여워서 적선하듯 도와준 것이다.

그것 가지고 꾸준히 찾아와 갑질을 하거나 형님 행색을 하는 일은 없었다.

거기까지는 정말 좋았다.

이제부터는 앞길에 볕이 들 것이라는 기대가 가득했다.

그런데 전쟁 선포를 하면서 손님들의 발길이 뚝 끊겼다.

벌어들이는 건 없는데, 가게 세는 계속 나가야 한다.

물장사라는 게 하루를 쉬어버려도 타격이 엄청나다. 그런데 한 달 가까이 꼬박 파리만 날리니 환장할 노릇이었다.

새해로 넘어가는 지금에 와서는 거의 포기 상태였다.

상준파는 오늘도 일찍부터 가게 문을 닫고 숙소에 모여 술을 빨고 있었다.

"씨팔, 전쟁을 일으키려면 빨리 일으킬 일이지, 뭐하자는 거야?"

상준이파 둘째 신정민이 툴툴댔다.

그러자 우두머리 형상준이 고개를 저었다.

"이러다 쫄딱 망하는 거 아닌지 모르겠다."

큰형님의 한숨에 모든 조직원들의 마음이 무거워졌다.

다들 별말 없이 술만 홀짝거리며 넘기고 있던 그때였다.

쾅!

별안간 엄청난 소리와 함께 문짝이 떨어져 나갔다.

술에 푹 빠질 뻔하던 상준파 일곱 명이 벌떡 벌떡 일어났다.

"뭐야!"

신정민이 나발 불던 술병을 들고 앞으로 나섰다.

휑한 출구를 넘어 들어온 이는 건장한 체격의 남자 셋이었는데, 하나같이 이상한 전투복을 입고 있었다.

가슴팍에는 'G.B'라는 이니셜이 크게 박혀 있었다.

"쥐비? 뭐냐, 니들? 뒤지고 싶냐?"

눈을 부라리며 앞으로 나서는 신정민의 머리가 퍽! 하는 소리와 함께 사라졌다.

머리를 잃은 신정민의 몸뚱이는 목에서 분수처럼 피를 뿜아내다 철푸덕 쓰러졌다.

바닥은 온통 피바다가 되었다.

"으, 으아아아아!"

"정민아! 정민아!"

잠시 동안 멍해 있던 상준파 일원들이 오열을 토해냈다.

"너희 뭐하는 새끼들이야! 어디서 보냈어!"

그러자 낯선 사람 중 가장 키가 큰 남자가 말했다.

"보고도 모르겠냐? 비욘더들이다."

"비욘더? 이런 씨발, 근데 왜! 뭣 때문에! 비욘더가 이따위 짓을 하는 건데! 사람을 죽였어! 너희들이 지금 내 동생을 죽였다고!"

"죽어 마땅해서 죽였을 뿐이야. 전쟁 선포됐다는 얘기 못 들었어?"

"그게 우리랑 무슨 상관인데!"

"레지스탕스는 뒷세계에서 굴러먹던 새끼들이다. 너희들도 레지스탕스와 관련이 없을 거라고는 장담 못 하지."

"…뭐?"

형상준은 어처구니가 없었다.

그러니까 지금, 뒷세계에서 물장사하며 놀았다고 이런 짓을 벌였단 말인가?

물론 자신들이 떳떳하게 살아온 건 아니다.

법도 많이 어겼고 사람을 구타한 적도 많았다.

일수놀이를 한 적도 있었다.

그렇다고 레지스탕스와 한패로 묶어 죽이는 건 아니지 않은가?

"너희들… 정부 소속 비욘더가… 그게 지금 할 소리야?"

"정부 소속 비욘더니까 할 수 있는 얘기지."

키 큰 사내가 검지로 가슴팍에 있는 이니셜을 가리켰다.

G.B. 정부 소속 비욘더(Government Beyonder)의 약칭이었다.

"이 미친 개새끼들아아아아……!"

형상준이 비욘더들에게 달려들려 했다.

그 순간, 그의 머리도 신정민처럼 터져 나갔다.

퍽!

"꾸르륵!"

뻥 뚫린 목에서 핏물과 함께 바람 빠지는 소리를 흘리며 형상준이 무너졌다.

남은 다섯 사람은 공포와 분노가 뒤섞여 부들부들 떨었다.

"노려보면? 어쩔 건데?"

키 큰 사내가 피식 웃으며 손을 휘둘렀다.

다섯 사람의 머리가 허공으로 솟구쳤다.

그것으로 끝.

순식간에 방 안에 있던 일곱 사람이 죽음을 맞았다.

키 큰 사내는 던전 레이더를 통해 보고했다.

"여기는 인천 제7토벌대. 토벌 완료."

*　　　*　　　*

정부의 명에 따라 비욘더들은 전국 각지에서 '불온한 세력'을 토벌해 나가는 중이었다.

이러한 소식을 접해 들은 연백호는 이를 빠드득 갈았다.

"그들은 우리와 아무 상관 없는 이들이야!"

그러자 회의실에 앉아 있던 수십의 비욘더 중 강철수가 이죽댔다.

"상관도 없지만 착한 놈들도 아니지. 뒷골목에서 선량한 사람들 등쳐먹고 살던 이들입니다. 좀 죽어도 돼요."

강철수의 발언에 몇몇 비욘더가 경멸의 시선을 던졌다.

그중에는 이지안도 포함되어 있었다.

아진은 강철수의 말에 별로 신경 쓰지 않았다.

다만 자신의 생각을 말했다.

“어찌 되었든 이건 옳은 일은 아니죠. 그들을 처리하는 건 법이 되어야 하는데, 토벌이라니. 인간 사냥을 하는 게 이 시대에 정상적인 행동은 아니지.”

“당장 막으러 나간다.”

연백호는 설마 정부의 인간들이 이런 식으로 도발해 올 줄은 몰랐다.

그의 명령을 받은 데스페라도들이 지하 기지에서 올라와 전국으로 퍼져 나갔다.

*　　　*　　　*

사건이 터진 지 꼬박 하루가 지났다.

데스페라도들은 각자의 지역으로 향해 무참한 살육전을 벌이는 비욘더들을 막아내는 데 전념했다.

레지스탕스에서는 데스페라도들에게 비욘더들이 어디에서 설치고 있는지를 파악해 알려주었다.

레지스탕스엔 천리안을 가진 데스페라도가 무려 셋이나 있었다.

아울러 다른 데스페라도의 이능력을 순간적으로 업그레이드시켜 주는 힘을 가진 이도 존재했다.

때문에 전국에 퍼진 비욘더의 동향을 감시하는 것이 가능했다.

아진도 그들에게 받은 정보를 토대로 춘천에서 비욘더들을 상대하는 중이었다.

아진이 맞닥뜨린 비욘더는 둘이었다.

그들은 단둘이서 춘천의 가장 큰 조직 독거미파를 아작 내고 있었다.

본래 춘천에서 가장 큰 조직은 헤르메스였다.

한데 그곳은 류시해와 손을 잡고 몬스터화해서 설치다가 아진에게 작살이 났다.

이후 다른 조직들이 춘천을 먹기 위해 기 싸움을 벌이다 결국 왕좌에 오른 것이 독거미파였다.

그들은 헤르메스와 달리 류시해의 존재에 대해서도 모르는 이들이었다.

그럼에도 정부 소속 비욘더들은 독거미파를 씨도 남기지 않고 모조리 죽여 없앴다.

아진이 도착한 건 이미 상황이 종료된 이후였다.

피바다가 된 독거미파의 사무실 안에서 아진은 두 명의 비욘더와 마주했다.

그들도 G.B라는 이니셜이 새겨진 전투복을 입고 있었다.

둘 다 안면이 있는 이들이었다.

아진이 나직이 그들의 이름을 읊조렸다.

"고두만, 김석태."

둘 다 24살의 비욘더로 한 명은 3클래스 피지컬 비욘더, 나머지 한 명은 3클래스 매지컬 비욘더였다.

"미러클 테이머."

고두만이 입꼬리를 말아 올렸다.

"정부에 붙어서 하는 짓거리가 고작 이거냐?"

아진이 끓어오르는 분노를 억지로 내리누르며 씹어 뱉었다. 그에 김석태가 어깨를 으쓱였다.

"고작? 우리가 무엇을 얻게 되는지 알고 나면 그런 말은 나오지 않을 텐데?"

"정부 놈들이 어떤 더러운 말로 꼬드겼는지 들어나 보자."

"주인."

"뭐?"

"이 세상의 주인이 될 수 있도록 만들어주겠다 했지."

아진은 저도 모르게 한숨을 내쉬었다.

그것은 세 명의 장관에게 이미 들었던 얘기였다.

이 세상의 왕이 되어 비욘더가 아닌 이들을 다스리는 것.

그런 더러운 제안에 이들은 홀려 버린 것이다.

"너희들… 정말 그런 걸 원하냐?"

"당연하지."

"인간이라면 다들 그런 욕망을 갖고 살걸? 하나 숨기려 할 뿐. 우리는 가식적이지 않아. 숨기지 않는다고. 원한다. 그런 걸, 아주 많이."

아진이 고개를 끄덕였다.

"그래, 잘 알았다. 그리고 고맙다. 개새끼들이어서. 그나마 남아 있던 정마저도 떨어졌으니 너희들 죽이는 데 망설임 같은 건 없겠어."

말을 마치며 아진이 움직이려 할 때였다.

갑자기 강렬한 기운이 그를 옭아맸다.

이윽고 서늘한 바람 한 줄기가 이는가 싶더니 새로운 인물이 고두만과 김석태의 앞에 서 있었다.

그의 얼굴을 확인한 아진의 입에서 이름 석 자가 흘러나왔다.

"진태랑……."

"반갑다, 미러클 테이머."

아진이 놀라 진태랑을 바라봤다.

'이 녀석을 여기서 만나다니!'

언젠가는 대적해야 할 상대다. 하지만 그게 지금은 아니었다. 아직 진태랑의 '능력'에 대한 대응책이 없는 상황이다.

"겨뤄볼까, 누가 더 강한지."

말미에 진태랑의 입꼬리가 말려 올라갔다. 그 미소를 보는 아진의 등골이 오싹했다.

'저 녀석은 나를 이기려는 게 아니다.'

진태랑은 아진의 강함을 시험해 보려 하고 있었다. 그래서 자신보다 약하면 죽일 것이고, 강하면 몸을 빼앗을 것이다.

어느 쪽이든 아진에게는 좋을 게 없다.

하지만 절망뿐인 결과가 뻔히 보인다고 가만히 있을 수도 없는 노릇이다.

"에스페란자!"

아공간을 열며 에스페란자의 이름을 외쳤다. 그의 몸에 마갑 에스페란자가 장착됐다.

"호오, 기운이 확 달라졌는데?"

아진의 전투력이 몰라보게 높아졌다. 그러나 진태랑은 여전히 여유로웠다. 아진이 강한 모습을 보일수록 점점 더 탐이 날 뿐이었다.

"여기서 이렇게 만날 줄은 몰랐는데."

아진의 말이었다.

진태랑이 키득거렸다.

"너는 몰랐겠지. 나는 알고 있었어."

"뭐?"

"모르겠어? 덫이었다고! 전국적으로 이 난동을 일으킨 이유가! 처음부터 끝까지 너 하나만을 잡기 위한 덫!"

"나 하나를 잡으려고 이 짓거리를 벌였다고? 제정신이야?"

아진은 진태랑이 무슨 말을 하는 건지 도통 이해가 되질 않았다.

진태랑의 능력이라면 애초부터 전면전을 벌여도 손해 볼 게 없었을 터였다.

'대체 무슨 생각인거야?'

아진은 혼란스러웠다. 아진뿐만이 아니었다. 정부에서 이런 일을 벌였을 때 의중을 알 수 없어 다들 혼란에 빠졌었다. 하지만 손 놓고 보고 있을 수만은 없었다. 그래서 대항한 것이다.

한데 그 모든 일들이 아진 단 한 명을 잡기 위해 벌인 짓이라고 한다.

"난 번잡스러운 게 싫거든. 내가 보기에 너만 정리하면 상황은 종결. 괜히 대병력 이끌고 요란하게 부딪칠 필요도 없단 말이지."

아진은 진태랑의 말을 부정할 수 없었다.

레지스탕스의 그 어떤 데스페라도도 진태랑을 잡을 수는 없었다. 그나마 가능성이 있는 건 아진 자신뿐이었다. 하나, 진태랑은 타인의 몸을 빼앗는 게 가능하다.

즉, 누구도 진태랑을 막는 건 불가능하다.

그럼에도 진태랑은 이런 일을 벌였다.

만에 하나라도 있을지 모를 우환의 씨를 애초에 밟아버리고 시작하겠다는 얘기다.

'철두철미하다.'

처음 진태랑을 봤을 때는, 지략가의 면모는 보이지 않았다.

다만 감이 좋고, 압도적인 육신의 힘으로 모든 능력을 눌러 버리는 괴물이라는 생각이 지배적이었다.

그런데 아니었다.

이 녀석은 머리도 쓸 줄 아는 놈인 데다가, 만사에 신중했다.

'전국에 대량 학살 사건을 일으켜 데스페라도들을 분산시킨다. 일반인을 대량 학살 하는 거야 비욘더 두 명이면 얼마든지 가능하다. 게다가 군 병력과 경찰도 움직이지 않는다. 그들은 정부 소속이니 마음껏 이런 사건을 벌이는 게 가능했다. 두 명씩 전국 방방곡곡으로 보내 대량 학살을 시작하면 기껏해야 100명, 많아도 200명 안쪽의 인원으로 동시다발적 사건을 일으키는 게 가능하다. 데스페라도는 그들을 잡기 위해 뿔뿔이 흩어진다.'

그리고 아진 역시 단신으로 춘천에 왔다.

춘천에 온 사람은 아진만이 아니다. 강철수와 이환도, 그 외에 몇몇 비욘더가 춘천으로 이동했다.

춘천이라는 한 지역 안에서만 일곱 장소에서 대량 학살이 일어났기 때문이다.

아진은 그중 한 장소로 향한 것이다.

진태랑은 상황을 지켜보다 아진이 나타났다는 제보를 받은 곳으로 향해 일대일 대결 상황을 만든다.

아진이 어디에 있든 찾아가는 건 어렵지 않다.

정부 소속 비욘더 중에서도 공간 이동 능력자는 있었으니까.

"그럼 이제 즐겨볼까?"

말과 함께 진태랑의 뒤에 서 있던 고두만과 김석태의 머리가 허공으로 붕 떴다. 이어 목 없는 시체가 된 두 몸뚱이는 바닥에 널브러졌다.

진태랑이 죽인 것이다.

하지만 어떻게 죽였는지 아진은 도통 알 수 없었다.

그의 움직임이 보이지 않았다. 아진에겐 그가 그저 가만히 서 있는 것처럼 느껴졌다.

'그건 그렇다 쳐도 왜 동료를?'

어째서 죽이지 않아도 될 정부 소속 비욘더들을 살해한 건지 이해할 수 없었다.

아진이 혼란스러워하는 사이 진태랑의 모습이 사라졌다.

이것으로 확실해졌다. 아진의 동체 시력으로는 녀석의 움직임을 잡을 수 없었다.

'눈으로 잡으려 해서는 안 된다!'

아진은 에스페란자의 육체 강화를 최대치까지 끌어 올렸다.

그러자 힘과 민첩성, 근력은 물론이고 그의 모든 감각까지 극대화되었다.

인간의 기본적인 다섯 개의 감각 외에 따로 존재한다는 여섯 번째 감각!

육감이 활짝 열리며 아진의 주변에서 이는 모든 기운에 예민하게 반응했다.

'뒤!'

아진은 아찔함을 느끼는 순간 허리를 숙이며 바닥에 납작 엎드렸다.

좌앙—! 퍼엉!

그의 머리 위로 공기가 찢기고 터져 나갔다.

정통으로 맞았다간 아무리 에스페란자를 입고 있다 하더라도 무사할 수 없었으리라.

"피했네?"

뒤에 서 있던 진태랑이 어느새 앞에 나타나서 이죽였다.

쐐액!

아진이 그대로 주먹을 뻗었다.

탓.

진태랑은 그것을 손등으로 가볍게 쳐냈다. 하지만 아진에게 전해진 충격은 전혀 가볍지 않았다. 진태랑이 튕겨낸 팔이 밖으로 확 젖혀졌다. 팔을 따라 몸까지 돌아가려는 것을 겨우 버텼다.

"고작 그거야?"

진태랑의 주먹이 무방비 상태로 활짝 열린 가슴을 향해 찔러 들어오려 했다.

그러나 그 전에 아진은 본능적으로 마법을 시전했다.

"매직 실드!"

허공에 무형의 막이 나타났다.

진태랑의 주먹이 매직 실드를 가격했다.

콰직!

어지간해서는 뚫리지 않는 매직 실드가 허무하게 부서졌다.

아진이 두 팔을 엑스 자로 교차시키며 뒤로 물러났다.

빠악!

그러나 진태랑의 주먹이 더 빨랐다.

"컥!"

두 팔로 가드를 했음에도 어마어마한 충격이 폐부로 전해졌다. 아진은 그대로 떠서 뒤로 쭉 날아갔다. 마치 쏘아진 대포알처럼 빠르게 날아간 아진은 건물의 벽을 뚫고 나가 몇 번을 바닥에 튕긴 다음에야 멈출 수 있었다.

"크으윽!"

신음을 흘리며 겨우 일어섰다.

진태랑은 눈 깜짝할 새 그런 아진의 지척에 다가와 있었다. 정말이지 전광석화와 같은 몸놀림이었다.

"겨우 이 정도라면 실망인데."

진태랑이 손을 뻗어 아진의 머리를 움켜쥐려 했다. 아진이 얼른 몸을 뺐다. 순간 진태랑의 손이 뱀처럼 늘어났다.

콱!

"큭!"

"내가 너보다 빨라."

아진은 진태랑의 손아귀에서 벗어날 수 없었다.

"잔뜩 기대하고 있었는데… 죽어라 그냥."

꾸드득!

진태랑이 왼 주먹을 꽉 쥐었다.

그의 팔에 힘줄이 불뚝거리며 일어났다.

우우우우웅―

단순히 주먹을 쥔 것뿐인데 태산 같은 기운이 느껴졌다.

어디에든 맞는 순간 무사하지 못할 게 분명했다.

"끝이다."

진태랑이 주먹을 뻗는 순간, 아진이 뒤로 감추고 있던 손을 앞으로 내밀었다. 그의 손에는 무언가가 들려 있었다.

"샤아!"

샤오샤오였다.

"샤아아아아아!"

진태랑의 주먹이 코앞까지 다가오자 깜짝 놀란 샤오샤오가 부끄러워 어쩔 줄 몰라 하며 비명을 질렀다.

진태랑은 갑자기 나타난 샤오샤오를 보고 흠칫했으나 그뿐이었다. 그대로 주먹을 내질러 샤오샤오와 아진을 한 번에 보내려 했다.

하지만 그건 진태랑의 오산이었다.

콰아아아앙!

샤오샤오가 지른 비명에 상상을 초월하는 기운이 담겨 있었다.

'사자후?!'

진태랑이 놀란 와중에 주먹에 힘을 더 실었다.

꽈아아아아앙!

샤오샤오의 사자후와 진태랑의 주먹이 격렬하게 힘겨루기를 했다. 그 바람에 충격파가 일었다. 그들 주변의 땅이 푹 파였다. 흙과 모래가 사방으로 비산했다.

충격파가 더욱 크게 번지며 주변의 건물들이 무너져 내렸다.

우르르릉!

"으으음!"

별거 아닐 거라 생각했던 샤오샤오의 사자후가 무지막지하게 강력했다. 진태랑의 입에서 저도 모르게 신음이 흘러나왔다.

'이 녀석은 대체……!'

샤오샤오를 보고 놀라던 진태랑의 시선이 그 너머에 있던 아진에게 향했다.

순간 진태랑은 자신의 눈을 의심했다.

'웃어?'

아진은 웃고 있었다.

'설마…….'

설마가 맞았다.

진태랑은 아진이 설계한 작전에 말려들었다.

아진은 진태랑을 상대로 이기든 지든 다 소용없다는 것을 알고 있었다.

하지만 그 두 가지 경우 중에서도 더 최악인 건 몸을 빼앗기는 쪽이었다.

차라리 자신이 죽으면 그걸로 그만이다.

만약 몸을 빼앗기면 그 즉시 진태랑은 스스로 아진인 척하며 세상을 농락할 것이다. 무엇보다 그의 연인인 이환과 아버지를 어찌할지가 가장 큰 걱정이었다.

그래서 방법을 생각했다.

'녀석이 내게 별 가치를 느끼지 못하게 만든 뒤, 단숨에 해치워야 한다.'

계획을 세우자마자 아진은 에스페란자를 입었다.

우선 진태랑에게 자신이 최선을 다하고 있다는 걸 보여줘야 했다. 몬스터 군단은 일부러 소환하지 않았다. 괜히 소환했다가 퀸급 녀석들이 죽어나가기라도 하면 큰일이기 때문이다. 해서 소환할 틈도 없이 수세에 몰리는 척을 할 생각이었다. 그런데 그럴 필요도 없을 만큼 진태랑은 강했다.

아진의 계획대로 진태랑은 그에게 흥미를 잃었다. 당연한 수순으로 가질 필요가 없는 아진을 죽이려 들었다.

아진은 바로 그때를 노렸다.

진태랑이 흥미를 잃고 방심할 때, 일격으로 잡는다!

샤오샤오를 소환함으로써 말이다.

매직 실드를 깨고 아진을 타격한 진태랑의 주먹은 사실 마음만 먹으면 피할 수 있었다.

하지만 일부러 맞았다.

건물 벽을 깨고 튕겨져 나가며 샤오샤오를 자신의 뒤쪽으로 몰래 소환해 감췄다.

그리고 진태랑이 다가와 마지막 공격을 가하려 할 때 샤오샤오를 내민 것이다.

샤오샤오는 역시 샤오샤오였다.

녀석은 여태껏 한 번도 본 적 없는 사자후를 내질렀고, 그것만으로 진태랑의 주먹을 막아냈다.

'그대로 갈아버려, 샤오샤오!'

아진이 샤오샤오를 응원했다.

하지만 샤오샤오의 사자후는 서서히 진태랑의 주먹에 밀리기 시작했다.

그때였다.

'설마……!'

아진이 불길한 생각을 하던 찰나였다.

샤오샤오가 입을 다물었다. 입을 계속 벌리고 있자니 턱이 아팠다. 고작 턱 아프다는 이유로 생사가 걸렸을지도 모르는 싸움에서 사자후를 끊어버린 것이다.

그 순간 진태랑의 주먹이 샤오샤오에게 그대로 날아들었다.
"안 돼!"
아진이 샤오샤오의 앞을 가로막고 서려 했다. 샤오샤오는 솥뚜껑만 한 주먹이 다가오니 부끄러워 죽을 지경이었다. 마음 같아서는 피하고 싶었다. 하지만 그럴 겨를이 없었다. 그렇다면 방법은 하나. 주먹을 내지르는 장본인을 멀리 날려 버리는 게 상수였다.
"샤아아아아(저리 가아아아아!)"
샤오샤오가 진태랑의 주먹을 머리로 들이받았다.
콰직!
"억……?!"
동시에 진태랑의 입에서 신음이 새어 나왔다.
샤오샤오의 머리는 멀쩡했는데 진태랑의 주먹이 아작 났다. 거기서 끝이 아니었다. 서로 맞부딪친 격돌 지점에서 인 충격파가 온전히 진태랑에게만 전해졌다.
콰르릉!
몸 안에서 번개가 치는 것 같았다.
진태랑의 몸이 허공을 가르며 뒤로 밀려 나갔다.
와당탕! 콰당! 쿵! 투당탕! 터텅! 털썩!
마치 물수제비를 뜨는 것처럼 바닥에 수십 번을 연달아 튕겨진 진태랑이 대자로 뻗었다.
샤오샤오는 그 틈에 아진의 뒤로 숨어 고개만 빼꼼히 내밀었다. 그리고 동그란 눈으로 진태랑을 살펴보며 바들바들 떨었다.

"샤하— 샤아아아아.(하아— 부끄러워 죽는 줄.)"

진태랑도 놀랐겠지만, 아진도 덩달아 놀라 그대로 굳어버렸다.

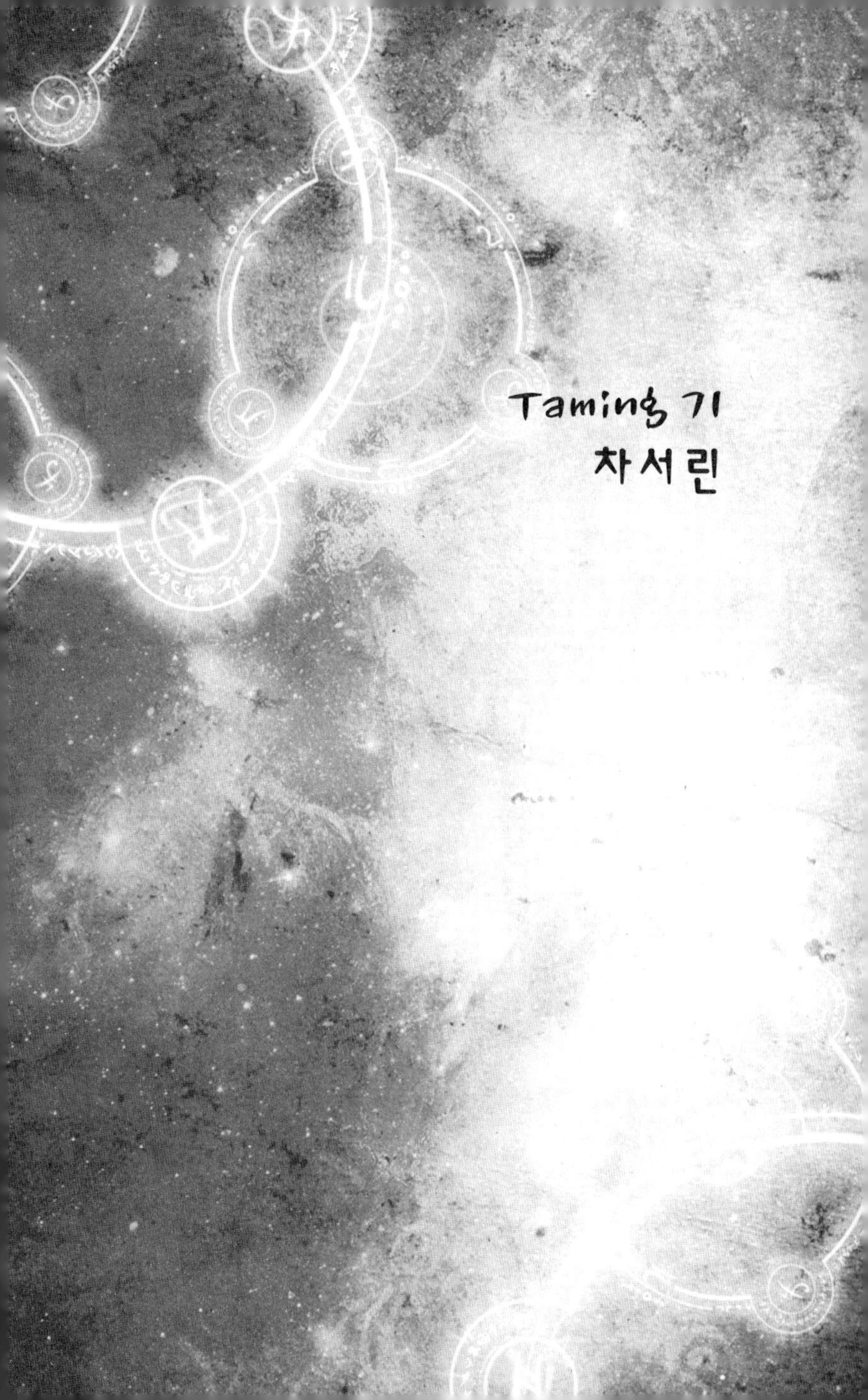
Taming 기
차서린

'이거 뭐야?'

진태랑은 넋이 나갔다.

형편없이 널브러진 자신의 모습이 믿기지 않았다.

'이 녀석이 이 정도였나?'

진태랑은 샤오샤오와 처음 대면했을 때를 떠올렸다.

아진과 네 장관의 회동 자리였다. 아진이 몸에 달고 온 단추 중 하나가 괜히 거슬렸다. 그것이 몰래카메라라는 것을 눈치챈 건 아니다. 다만 느낌이 좋지 않았다. 진태랑의 육감은 그 정도로 무서웠다.

진태랑이 이에 단추를 떼어내려 했다.

그때 샤오샤오가 나타나 진태랑의 손을 걷어찼었다.

작은 체구에 비해 상당한 힘이 제법이었다. 그러나 그뿐이었다. 눈여겨볼 만큼 대단하다는 생각은 들지 않았다.

하지만 오늘 다시 대면한 샤오샤오의 파괴력은 무지막지했다. 그런 샤오샤오의 진가를 알아보지 못했다니.

'내가 실수를 했다고?'

그런 건 좀처럼 없는 일이었다.

그의 육감은 강자와 약자를 확실하게 구분했다.

루아진을 탐냈던 것도 그래서였다. 그는 강했다. 뿐만 아니라 성장도 빨랐다.

무엇보다 몬스터를 테이밍하는 그 능력은 단 한 번도 본 적 없는 것이었다.

해서 루아진의 힘을 시험해 봤다.

그런데 기대에 미치지 못했다.

아무리 유니크한 능력을 가지고 있어도 그걸 받쳐줄 육신이 약하면 아무 소용 없다.

능력을 발휘하기도 전에 골통이 깨져 죽어버리면 그걸로 끝이다.

샤오샤오를 소환하기 전의 아진이 딱 그랬다.

해서 진태랑을 그를 죽이기로 했다.

한데 샤오샤오가 등장하며 상황이 바뀌었다.

아니, 바뀐 정도가 아니라 위험해졌다.

그 조그만 몬스터의 박치기 한 방에 주먹이 박살 났다. 주먹에서부터 시작된 충격이 전신을 뒤흔들었다. 타격점에 가까웠던 팔은 뼈가 모조리 부서졌다.

다른 곳들도 전부 심각한 타박상을 입었다.

속에서부터 핏물이 올라왔다.

'고작 박치기 한 방에 이 모양이 됐다고?'

현실을 받아들이기가 힘들었다.

여태껏 최강자의 몸만 빼앗아왔던 황제다. 몬스터에게 이토록 형편없이 당한 적은 단언컨대 없었다.

"샤오샤오, 끝내 버려."

"샤아!"

샤오샤오가 허공으로 붕 떠올랐다.

야무지게 말아 쥔 앙증맞은 주먹이 진태랑의 머리를 노리며 떨어졌다.

그 속도가 말도 못 하게 빨랐다.

쾅!

아진은 샤오샤오가 진태랑을 짓이겨 놓은 줄 알았다. 그의 머리에 정확히 주먹이 떨어졌기 때문이다. 하지만 진태랑은 저 멀리 떨어져 있었다. 아진이 본 것은 그의 잔상이었다.

조금 전까지 진태랑이 있던 자리가 푹 파여 나갔다.

사방으로 자욱한 흙먼지가 일었다.

샤오샤오가 그것을 뚫고 나와 다시 진태랑을 공격했다.

꽈아앙!

샤오샤오의 발길질을 진태랑이 한 팔로 막아냈다.

조금 전 맥없이 당하던 것과는 전혀 딴판인 모습이었다.

"뭐야? 다 죽어가던 거 아니었어?"

상황을 지켜보던 아진이 중얼거렸다. 만약 진태랑이 대미지를 크게 입지 않았다면 당장 샤오샤오를 봉인하고 도망치는 게 더 나았다. 괜히 빼기다가 몸이라도 빼앗기면 그걸로 끝이다.

아진은 샤오샤오와 호각지세를 벌이는 진태랑을 관찰했다. 둘의 움직임이 워낙 빨라 제대로 눈에 담기가 힘들었으나 최대한 집중하니 겨우 파악이 됐다.

콰콰콰콰쾅! 콰쾅!

둘이 격돌할 때마다 벼락 치는 소리와 함께 충격파가 사방을 휩쓸었다.

'샤오샤오로도 안 되는 건가?'

가능하다면 아진이 어떻게든 도움을 주고 싶었다.

하지만 지금 이 싸움은 아진이 끼어들 레벨이 아니었다. 무엇보다 육체를 강탈당하는 것이 가장 걱정이었다.

한편, 진태랑은 진태랑대로 머릿속이 복잡했다.

'이제 한계다.'

샤오샤오는 말 그대로 괴물이었다.

녀석의 작은 체구에서 터져 나오는 괴력은 실로 무서울 정도였다.

아진이 보기엔 대등한 싸움이었을지 모르나 진태랑은 사력을 다하고 있었다.

그러다 보니 이미 화를 입은 내상이 계속해서 심해져 연신 피를 입 밖으로 피를 흘렸다.

벌써 울컥거리고 솟구치는 핏물을 몇 번이나 되삼켰는지 모른다.

'조금만 더… 조금만 더 가까우면!'

진태랑은 아진을 힐끗거리며 계속 거리를 가늠했다. 그리고는 샤오샤오의 공격을 막으면서 조금씩 아진과의 거리를 줄였다.

이제 조금만 더 가면 능력을 발휘할 수 있는 사정권에 들어오게 된다.

그가 타인의 몸을 취하는 게 가능한 거리는 반경 50미터.

'할 수만 있다면 샤오샤오의 몸을 빼앗는 게 더 나을 텐데, 아쉬워.'

진태랑은 능력 '강탈'은 오로지 같은 인간에게만 사용할 수 있었다. 아울러 능력의 발동을 위한 조건이 한 가지 더 있다. 반경 50미터 내에 '인간'이 딱 한 명만 있어야 한다는 것이다.

종이 다른 생명체는 열이든 백이든 더 있어도 상관없다.

그러나 두 명 이상의 인간이 존재하게 되면 능력은 제대로 발동되지 않는다. 발동이 안 되는 경우가 대부분이고, 발동이 된다 하더라도 자신이 원치 않았던 엉뚱한 인간의 몸으로 들어가게 된다.

때문에 진태랑은 그 완벽한 환경을 만들기 위해 이곳에 도착하자마자 동료 두 명의 목을 베어버린 것이다.

콰콰콰쾅! 콰쾅!

이제 진태랑은 일방적으로 방어만 하는 입장이었다.

샤오샤오에게 반격을 할 여유가 없었다. 주도권을 완전히 빼앗겼다.

'방심하다 얻어맞지만 않았어도.'

샤오샤오가 어떤 녀석인지 알았다면 이런 불상사는 일어나지 않았을 터였다.

진태랑이 괜히 서열 1위의 자리에 앉아 있는 게 아니다.

심한 부상을 입은 상태에서도 샤오샤오를 어떻게든 상대하고 있는 그였다.

최상의 컨디션에서는 본신의 힘을 백 퍼센트 이끌어낼 경우 제압할 수 있을 것이라 확신했다.

'물론 장기전으로는 안 된다. 내 최강의 비기로 담판을 지어야 돼.'

진태랑은 샤오샤오에게 밀리면서도 이 자리에서 자신이 죽을 것이란 생각을 절대 하지 않았다. 오히려 머릿속으로 다음에 샤오샤오를 어떻게 잡아 죽일지 생각했다.

이제 두세 발자국만 더 가면 아진이 능력의 발동 가능 범위 안에 들어온다.

한 발. 두 발.

'이제 마지막 한 발!'

진태랑이 아진을 사정권 안에 두었을 때였다.

아진이 갑자기 한 발을 뒤로 빼 사정권에서 벗어났다.

'물러나?'

진태랑이 다시 아진에게 다가갔다. 이번에도 아진은 진태랑과 거리를 벌렸다.

그제야 진태랑은 아진이 무언가를 눈치챘음을 알았다.

그의 예상대로였다.

진태랑과 샤오샤오의 싸움을 지켜보던 아진은 처음에 아차 싶었다. 그가 샤오샤오의 몸을 빼앗아 버릴 수도 있다는 생각이 나중에 든 것이다.

그런데 이상했다.

진태랑은 샤오샤오에게 능력을 사용할 생각이 전혀 없어 보였다.

'왜 저러지?'

혹시 인간이길 포기하는 것이 싫기 때문일까? 목숨이 왔다 갔다 하는 판에 그런 걸 따질 일이 아니다. 일단은 살아야 한다. 그리고 샤오샤오의 몸을 차지한 후, 다시 아진의 몸을 차지하면 될 일이다.

그럼에도 진태랑은 샤오샤오에게 능력을 사용하지 않았다.

그가 질러가면 될 길을 돌아서 갈 멍청이는 아니다. 그렇다는 건 결국.

'저 녀석의 능력은 인간에게만 통한다!'

아진은 그걸 알아냈다.

그럼 이제 진태랑이 아진의 몸에 욕심을 낼 수순이다. 어차피 샤오샤오에게 밀리고 있는 판, 아진의 몸을 차지하면 샤오샤오도 지배할 수 있을 거란 생각이 들게 마련이다.

아진은 정신을 바짝 차리고 진태랑을 지켜봤다. 그런데 녀석이 싸우는 와중 몇 번이나 아진을 힐끔거렸다. 그러면서 의도적으로 아진과의 거리를 줄이는 게 느껴졌다.

'거리! 능력의 발동을 위해서는 사정거리 안에 대상이 들어와야 한다.'

그걸 알아채자마자 아진은 진태랑에게서 한 발 물러났다. 이를 본 진태랑이 다시 간격을 줄이려 했다. 하지만 아진은 또다시 뒤로 빠졌다.

진태랑의 얼굴에 짜증이 치미는 게 보였다.

그것으로 확실해졌다. 그의 능력은 일정 간격 안에 있는 인간에게만 사용 가능한 것이라고 아진은 결론지었다.

아진이 히죽 웃고서는 진태랑과 거리를 더욱 많이 벌렸다. 그리고 샤오샤오에게 명했다.

"샤오샤오! 마음껏 싸워! 아주 죽여 버려!"

"샤아아아아아!(그치만 얼굴 가까이 대고 있기 부끄럽단 말야

아야!)"

"그러니까 빨리 죽이면 다 끝날 거 아냐!"

"샤앗!(그런 방법이!)"

아진의 조언에 샤오샤오의 눈이 번쩍 뜨였다. 진태랑의 명치로 샤오샤오의 핵주먹이 날아들었다. 전보다 위력이 배는 강해졌다. 진태랑은 몸을 틀어 겨우 그것을 피했다.

쩌엉!

공기가 찢기고 터져 나갔다. 충격의 여파가 진태랑을 덮쳤다.

퍼억!

"크윽!"

단지 여파일 뿐이었는데, 진태랑은 뒤로 나가떨어졌다. 그런 진태랑에게 얼굴이 잔뜩 붉어진 샤오샤오가 콧김을 씩씩 내뿜으며 달려들었다.

이상한 놈이었다.

분명히 부끄러워하고 있는 것 같은데, 그럴수록 강해진다.

'오늘은 완패군.'

진태랑은 스스로의 패배를 인정했다.

고수간의 싸움은 종이 한 장 차이로 승패가 결정된다. 진태랑의 방심, 그 한 번의 실수가 그를 패배로 몰아넣었다.

진태랑에겐 손가락 하나 까딱할 힘도 없었다, 그대로 있다가는 샤오샤오한테 죽임을 당할 판이었다.

'잡는 건가? 진태랑을!'

아진은 이렇게 쉽게 진태랑을 무너뜨렸다는 게 믿기지 않았다. 정말 그를 잡을 수 있는 건지 짧은 순간 몇 번이나 스스로에게 되물었다.

눈에 보이는 광경으로만 판단하면, 진태랑은 꼼짝없이 샤오샤오에게 죽임을 당할 터였다.

그런데 이상하게 마음 한켠이 불안했다. 그 불안은 당장 현실이 되었다.

샤오샤오의 주먹이 진태랑에게 박히기 직전, 장발의 여인이 유령처럼 나타나 진태랑을 품에 안고 사라졌다. 텔레포트였다.

"뭐야?"

아진의 음성이 허공으로 흩어졌다.

쾅!

샤오샤오의 주먹은 애꿎은 땅을 때렸다.

진태랑의 시체가 있어야 할 자리엔 깊은 구덩이만 파였다. 아진이 다가와 핏자국이 낭자한 구덩이를 바라봤다. 그러자 샤오샤오가 그의 품에 후다닥 안겼다.

"진태랑… 여기까지 생각해 놨었어."

그렇지 않고서는 조금 전 같은 위기 상황에서 쉽게 빠져나가는 것이 불가능하다. 그는 이미 자신이 패배할 경우에 대해서도 대책을 세워놓았던 것이다.

스스로의 강함에 자만하지 않고 모든 가정을 생각한 뒤 대비했다. 진정 무서운 인간이었다.

"샤오샤오, 고생했다."

"샤아아."

"봉인, 샤오샤오."

아진은 샤오샤오를 봉인하고 나서 레지스탕스에 연락을 취했다.

상황 보고를 하고 난 뒤, 얼마 안 있어 붉은 스포츠카 한 대가 아진의 앞에 섰다. 조수석 창문이 내려가고 안에서 반가운 음성이 흘러나왔다.

"오래간만이네요, 고딩."

"차서린?"

"마스터 차! 맞먹을래요, 자꾸?"

아진은 저도 모르게 미소 지으며 조수석에 올라탔다. 그가 엉덩이를 붙이자마자 스포츠카는 급하게 출발했다.

"잘 지냈어요?"

차서린이 레이싱하듯 커브를 돌며 물었다.

"여기에 타기 전까지만 해도 잘 지낸 것 같아요. 근데 마스터 차는 어디에서 뭘 하고 있었던 거예요?"

전쟁 선포 이후, 전국의 모든 길드 마스터들이 레지스탕스로 들어왔다. 한데 차서린만 보이질 않았다. 그에 아진은 차서린의 행방에 대해 신재림과 연백호에게 물었다.

하나, 그들 역시 차서린이 어디서 뭘 하고 있는지 알지 못했다. 시간이 지날수록 무슨 변이라도 당한 게 아닌가 걱정이 되던 판이었다. 그런데 이렇게 만나게 되니 대단히 기뻤다.

"조금 만나볼 사람이 있어서 만나고 왔어요."

"누구를요?"

"차진혁."

"차… 진혁?"

"대한민국 비욘더 길드의 총책임자이자 유일한 비욘더 마스터이자, 제 생물학적 아버지인 사람요."

그제야 아진은 잊고 있던 사실을 떠올렸다.

차서린의 아버지가 한국 비욘더 협회의 장이었다는 걸.

차서린에게 직접 들은 건 이번이 처음이다. 아진은 이 사실을 신재림를 통해 알았다.

"아아, 그랬죠. 근데 이 시기에… 너무 위험한 거 아니에요?"

"비욘더는 정부 편이니까? 걱정 말아요. 막돼먹은 아빠지만 딸 목숨 소중한 줄은 알아요. 하지만 두 번 다시 그분을 아빠라 부르는 일은 없겠죠."

"혹시 절연이라도 했어요?"

"빙고. 이제 남남이에요."

아진은 차서린이 보면 볼수록 대단한 아가씨라는 생각이 들었다. 아무리 서로 간의 입장이 다르고 상황이 틀어졌다 해도 부모 자식 간 연을 끊는다는 게 쉬운 일이 아니다.

"근데 지금 어디 가는 거예요?"

아진은 차가 도로를 한참 달리고 나서야 목적지를 물었다.

"레지스탕스 본부."

"그거 지하에 있잖아요?"

"그렇죠. 철원 땅 구덩이 속으로 들어가기 전에 배 좀 채우고 가려구요."

"그러다가 정부측 비욘더들이랑 맞닥뜨리면?"

"아진 씨가 때려잡아요. 뭐가 문제야."

아진은 7클래스 센서블 비욘더, 차서린은 5클래스 피지컬 비욘더다. 어지간한 비욘더들은 쉽게 제압할 수 있다.

게다가 지금은 아진을 습격했던 진태랑이 패배해서 퇴각한 상황. 이 소식은 이미 정부 측 비욘더들에게 퍼져 나갔을 테니, 함부로 덤비진 못하리라.

"그래요. 알아서 해요. 한숨 잘 테니까 도착하면 깨워요."

아진이 막 눈을 감으려 하는데 거침없이 질주하던 스포츠카가 급정지했다.

끼이이이이익!

그 바람에 아진은 앞 유리창에 머리를 들이받았다.

쾅!

"악!"

"내려요."

그러거나 말거나 차서린은 시동을 끄고 차에서 내렸다. 아진이 툴툴거리며 내려보니 차를 세운 곳은 익숙한 건물 앞이었다.

"어? 여기."

"순댓국밥집이죠."

"지혜네 어머니가 하시는……."

"네. 그리고 당신이 우리와 함께할 자격이 있는지 시험했던 곳이기도 하구요."

우리라 함은 레지스탕스를 말하는 것이었다.

두 사람은 순댓국밥집 안으로 들어섰다.

"어서 오세요~"

기계적인 인사가 들려왔다. 순댓국밥의 주인장이자 지혜의 어머니인 김유경이었다.

"안녕하세요, 어머니."

아진이 고개를 살짝 숙여 인사했다. 그러자 아진을 알아본 김유경이 반갑게 맞아주었다.

"어머나, 이게 얼마 만이야? 텔레비전에서만 보다가 이렇게 보니까 또 느낌이 다르네? 우리 아가씨도 오래간만이에요."

"일이 있어서 그동안 들르지 못했어요."

"요새 시국이 시국이다 보니까 그럴 수도 있죠. 순댓국 두 개?"

"네."

"금방 해다 줄게요."

김유경은 밑반찬을 내온 뒤, 순댓국 재료가 담긴 뚝배기 두 개를 불 위에 얹었다.

그때 식당문이 열리며 신지혜가 들어왔다.

"엄마~ 나 배고파. 어? 아진! 여기 어쩐 일이야?"

"오랜만이다, 지혜야."

"그러게. 비욘더 일 하느라 바빠서 학교도 자주 안 나왔잖아. 게다가 요즘엔 전쟁까지 터지는 바람에 다시는 너 보지 못할지도 모르겠다고 생각했는데."

"왜?"

"전쟁 나갔다가 죽으면 못 보는 거지, 뭐."

"친구라는 녀석이 할 소리냐?"

"제사는 지내줄게."

"…그런 의미가 아니잖아."

아진이 고개를 절레절레 저었다. 하여튼 오래간만에 봐도 변함없이 사차원인 소녀였다.

"이제 데스페라도 소속인 거지?"

"응."

"그건 그렇고 어떻게 그런 영상을 찍은 거야? 나 그 장관 놈들 술자리에서 대화 나누는 거 보고 완전 소름."

아진이 내부자로 들어가 몰래 찍어 공개한 영상을 말하는 것이다.

"어쩌다 보니 그렇게 됐어."

이후로도 신지혜는 아진에게 이것저것 궁금했던 것들을 물어봤다. 아진은 거기에 대해 전부 대답해 줬다. 예전이었다면 그러지 못했을 것이다. 레지스탕스와 관련된 모든 것이 극비 사항이었으니. 하지만 정부의 본색이 까발려지고, 레지스탕스가 스스로의 입장을 밝힌 이상, 비밀일 것도 없었다.

그러는 사이 순댓국밥이 나왔다.

"잘 먹겠습니다!"

크게 외친 신지혜가 숟가락을 들고 와 아진의 국을 태연하게 떠먹었다.

"네 거냐?"

"같이 좀 먹자. 치사하게."

아진은 포기하고서 신지혜의 앞으로 국밥을 밀어주었다.

"그냥 너 먹어라."

"땡큐~"

김유경이 세 사람이 모여 있는 테이블로 다가와 앉았다.

"지혜야. 친구 걸 빼앗아 먹으면 어떡해. 배고프면 네 거 얼른 만들어 먹으면 되는 걸."

"귀찮아. 그리고 아진이는 영웅이라서 다 이해할 거야. 정의로운 사람이잖아."

"그게 정의랑 무슨 상관이니."

"몰라, 엄마. 밥 먹어야 하니까 말 시키지 마."

이후로 신지혜는 정신없이 배를 채우는 데 몰두했다.
아진은 어깨를 으쓱하고서 차서린에게 물었다.
"그런데 진짜 순댓국이 땡겨서 여기 온 거예요?"
"그건 겸사겸사. 진짜 이유는 따로 있죠."
차서린이 순댓국을 음미하며 대답했다.
"진짜 이유가 뭔데요?"
"김유경 씨와 신지혜 양을 데려가려구요."
"어디로? 레지스탕스 본부로?"
"네."
"민간인이 가도 되는 곳입니까?"
"특별한 경우엔 그럴 수 있어요. 그리고 누가 민간인이래요?"
아진이 두 모자를 번갈아 봤다. 그리고 다시 차서린을 바라봤다.
"민간이잖아요."
"민간이라는데요, 유경 씨."
차서린이 처음으로 김유경을 이름으로 불렀다.
김유경은 슬쩍 미소 짓고서 한 손을 허공에다 지휘하듯 휘저었다. 그러자 그녀의 손을 따라 불의 궤적이 그려졌다.
아진의 눈이 휘둥그레졌다.
"푸웁!"
신지혜의 입에서 순댓국이 분출됐다. 그녀는 허공에서 그려지는 불길을 보며 넋이 나갔다. 순댓국이 줄줄 흐르는 입가를 닦을 생각도 못 했다.

"신기하지?"

"엄마, 지금 그게 뭐야? 마술이야?"

딸의 물음에 김유경이 고개를 저었다.

"엄마가 지금껏 숨겨왔던 힘이야. 엄마는 불의 힘을 다룰 수 있거든."

"비, 비욘더?!"

"더 정확히는 센서블 계열."

"말도 안 돼."

어지간해서 놀라지 않는 신지혜도 지금 이 순간만큼은 큰 충격을 받았다. 커다란 해머가 뒤통수를 때리는 것만 같았다.

아진 역시 신지혜 못지않게 놀란 와중이었다.

그는 붕어처럼 입을 벙긋거리다가 겨우 말을 뱉었다.

"아, 아줌마. 왜 여태껏 속이고 있었던 거예요?"

"미안해, 아진아. 레지스탕스 상부에서 내려온 명령이라 어쩔 수가 없었단다."

"레지스탕스 소속이셨어요?"

"응."

아진이 차서린을 뚫어져라 쏘아봤다. 지금 이 상황에 대해 설명을 하라는 뜻이었다.

"유경 씨 말대로예요. 그녀는 레지스탕스 소속 데스페라도

예요."

"근데 왜 지금에서야 알려주는 겁니까?"

"유경 씨야말로 레지스탕스에서 가장 중요한 임무를 맡은 분이니까요."

"네?"

"제가 비욘더를 레지스탕스로 영입할 때 이곳에서 시험해 본다는 건 신재림에게 들어서 알고 있죠?"

"알아요."

"그런데 그런 시험을 과연 아무 데서나 할까요? 여기서는 아진 군 말고도 레지스탕스로 들어간 많은 비욘더들이 제게 시험을 받았어요. 그리고 시험을 받는 비욘더는 저 혼자 지켜보는 게 아니죠. 하나의 눈이 더 있어요. 유경 씨죠. 그녀는 한 걸음 떨어져서 상황을 관찰해요. 그래서 더 냉정한 판단이 가능하죠."

"그럼… 정체를 감춘 시험관 같은 거였다구요? 지혜네 어머님이?"

김유경이 브이 자를 그려 보이고서는 고개를 끄덕였다.

도대체 이놈의 레지스탕스는 얼마나 더 비밀이 남은 건지 진저리가 날 판이었다.

"유경 씨는 전쟁이 난 이후로도 철저하게 자신의 정체를 숨기고서 일반인인 척 생활해 왔어요. 그리고 식당에 찾아오는 사람들의 얘기를 귀담아들었죠. 그들 중에서는 일반인만 있는 게 아니라 정부 소속 비욘더들도 있거든요."

"그래. 이렇다 할 얘기가 튀어나올까 싶어서 열심히 엿들었지. 그런데 한번은 웬 늙다리 비욘더가 와서는 내가 자꾸 힐끔거리니까 자기한테 관심 있어 그러는 줄 알고 작업 거는 바람에 혼났지 뭐니, 호호호."

김유경이 너스레를 떨었다.

그사이 순댓국을 한 그릇 싹 비운 차서린이 휴지로 입을 닦고 말했다.

"하지만 쓸 만한 정보는 없었죠?"

"그렇더라고."

"여기 더 남아 있을 이유도 없겠네요?"

"이제 이 짓도 지겨워서 슬슬 장사 때려치울 생각이었어요."

"그럼 저랑 같이 갈까요? 물론 꼬마 아가씨도."

차서린이 신지혜에게 시선을 건넸다. 신지혜는 그때까지도 멍해 있다가 겨우 정신을 차렸다.

"우리 엄마가 비욘더라니. 믿기지가 않아요."

"비욘더가 아니야, 지혜야. 레지스탕스 소속이니 데스페라도라고 부르렴."

"어떻게 딸인 나한테까지 속일 수가 있지……?"

"지혜야? 신지혜?"

김유경이 신지혜의 눈앞에서 손을 휘휘 흔들더니 입맛을 쩝 다셨다.

"어지간히 충격이었나 본데요?"

"아무래도 그렇겠죠. 우선은 자리를 옮기고 나서 달래주는 게 좋겠어요. 꾸물대다간 날파리들이 꼬일 수도 있거든요."

그때였다.

콰앙!

차서린의 말이 끝나기가 무섭게 문이 거칠게 열리며 비욘더 넷이 나타났다.

"그것 봐요."

비욘더들은 당장 능력을 전개했다. 그들의 목표는 오직 한 명, 아진이었다. 그에 차서린이 바람처럼 움직였다.

퍼퍼퍼퍽!

그녀의 발이 찰나지간 네 번 튀어 나갔다. 하나같이 낭심을 노린 일격이었다. 갑작스러운 습격에 비욘더들은 피하거나 방어하지 못했다. 정확히 급소를 얻어맞은 네 명의 비욘더는 신음도 내지 못하고 그대로 기절했다.

털썩!

"어머, 깨졌겠다."

이를 지켜보던 김유경의 감상이었다.

* * *

"우루루루~!"

아진은 타조를 소환해 모두를 태우고 날아가는 중이었다.

타조를 소환하기 전까지 몰려드는 비욘더 서른가량을 처리해야 했다.

아진은 진태랑이 당했으니 정부 측에서도 몸을 사릴 거라 생각했다. 하지만 그의 예상은 빗나갔다. 진태랑은 본부로 복귀하자마자 아진을 잡아 오라 명령했다.

그에 근처에 있던 비욘더들이 총동원되었다.

하지만 누구도 아진을 잡지 못했다. 아진 본인의 힘도 막강한 데다 지금은 차서린, 김유경이 함께였다.

김유경은 4클래스 센서블 비욘더였다. 때문에 매지컬 비욘더와 달리 마법의 시전어 같은 게 없어도 불을 자유자재로 다룰 수 있었다.

멋모르고 덤볐다가 갑자기 날아든 불덩이에 맞아 새까만 재가 된 정부 소속 비욘더가 다섯이었다. 나머지는 전부 차서린에게 고환이 깨져 졸도했다.

타조를 탄 이후로는 더 이상 비욘더의 추격을 받지 않았다.

아진은 그대로 철원까지 날아가기로 했다.

타조는 바람을 가르며 초스피드로 비행했다. 하지만 녀석의 등에 탄 네 사람에게는 아무런 공기의 저항이 오지 않았다. 아진이 소환한 사천사가 커다란 날개로 모두를 감싸 안고 있었기 때문이다.

"아진이의 능력은 보면 볼수록 부럽다니까."

김유경의 말이었다. 그에 차서린이 아진에게 주의를 주었다.

"그렇기 때문에 더더욱 황제에게 빼앗겨서는 안 될 거예요."

황제라는 단어에 아진은 김유경을 살폈다. 그녀도 진태랑의 능력에 대해 이미 알고 있는 얼굴이었다.

"나도 뺏기고 싶은 생각 없어요. 그래서 말인데, 황제의 그 능력, 발동할 때의 제한 조건이 있는 것 같아요."

아진은 자신이 알아낸 것에 대해 소상히 얘기해 주었다.

차서린과 김유경은 아진의 정보에 적잖이 놀라는 눈치였다. 아무것도 모르는 신지혜만 머리 위에 물음표를 띄웠다.

그러는 사이 타조는 철원에 도착했다.

네 사람은 비밀 통로를 통해 레지스탕스의 기지로 들어섰다.

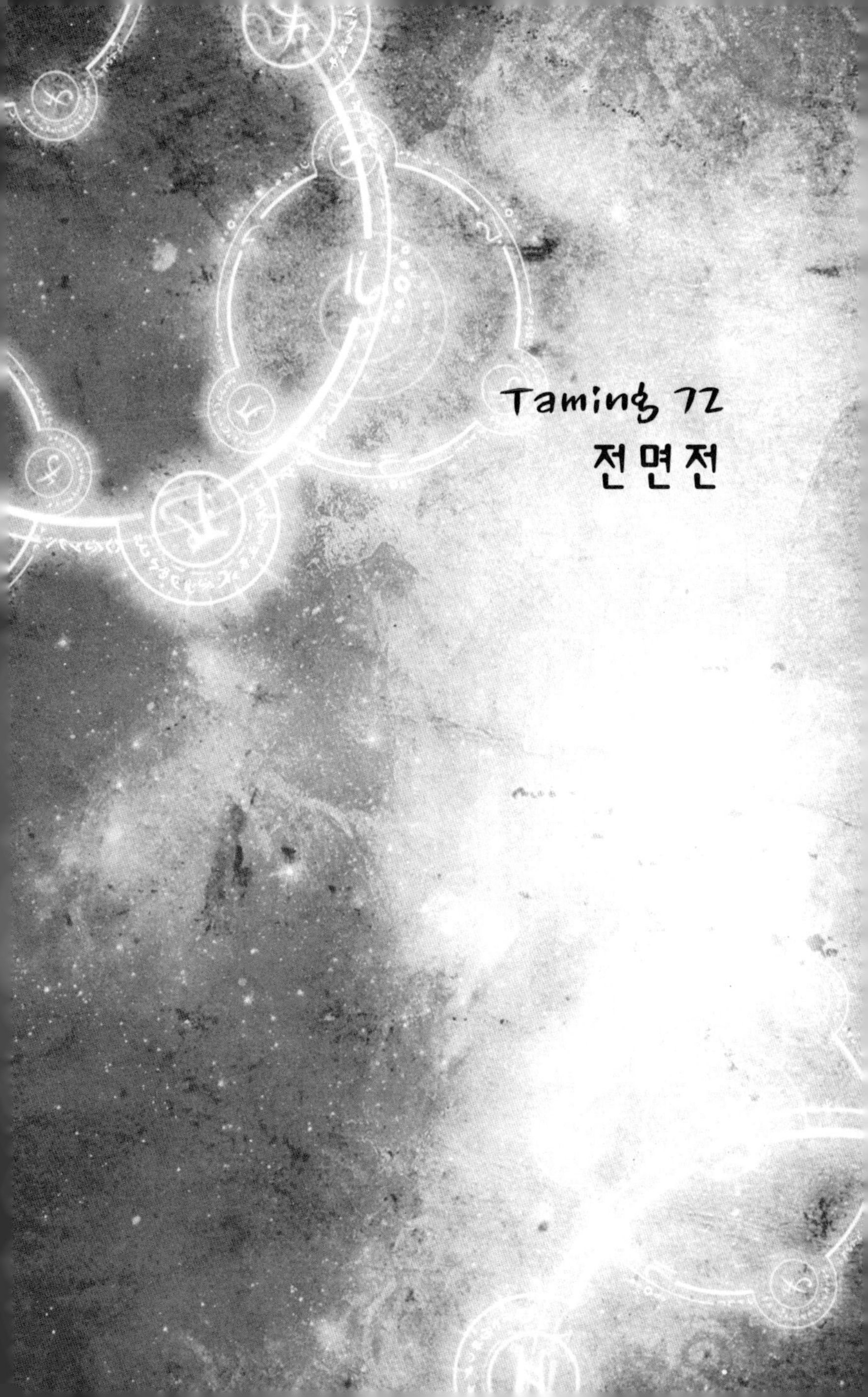

Taming 72
전면전

아진과 차서린은 연백호의 방을 찾았다.

그는 컴퓨터로 아진이 녹화한 진태랑과의 전투 영상을 보고 있다가 두 사람을 반갑게 맞았다.

가벼운 인사가 오간 뒤, 아진은 본론부터 꺼냈다.

그는 이번 전투에서 알게 된 진태랑의 능력 발동 조건에 대해서 말했다.

얘기를 다 듣고 난 연백호의 얼굴이 살짝 상기되었다.

"그러니까 그 능력이 통하는 건 인간뿐이고, 일정 거리 안으로 들어와야 발동 가능하다는 건가?"

"네, 대략 50미터 정도 되는 것 같았어요."

"음, 그렇군."

제법 날카로운 판단이었다.

하지만 아진이 아직 모르는 게 하나 있었다.

강탈의 능력이 제대로 발동되려면 유효 거리 안에 사람이 한 명만 있어야 한다는 것이다.

그러나 여태껏 아무도 몰랐던 사실을 알아낸 것만으로도 대단했다.

연백호가 아진의 어깨를 툭툭 두들겼다.

"고생했다. 네 덕분에 진태랑을 상대하기 한결 수월해지겠어."

아진이 고개를 저었다.

"짐작일 뿐입니다. 게다가 그런 걸 알아냈다고 해서 과연 수월해질까 하는 의문도 들고요."

"하하, 그건 그런가?"

연백호가 멋쩍게 머리를 긁적였다.

진태랑은 괴물이다. 그는 순수한 본신의 힘으로 모든 비욘더의 능력을 짓눌러 버린다. 그러니 대응책을 알아냈다고 한들 크게 소용이 없을 공산이 컸다.

"그래도 모르는 것보다는 낫죠."

차서린이 한마디 했다.

"그렇지. 그리고 무엇보다 우리한테는, 아니, 아진 군한테는 비장의 무기가 있잖은가."

연백호가 무엇을 말하는 건지 아진은 대번에 알았다.

샤오샤오였다.

아진은 진태랑과 싸우는 장면을 블랙윙으로 녹화했다.

녹화된 영상은 실시간으로 레지스탕스 본부의 메인 컴퓨터에 저장됐다.

본래는 비욘더 길드의 메인 컴퓨터로 갔어야 할 영상이다.

하지만 연백호는 레지스탕스에 들어온 모든 능력자들의 던전 레이더를 개조했다.

이후부터는 녹화 영상이 비욘더 길드 측으로 넘어가지 않았다.

전국의 모든 인터넷망을 해킹해 제 마음대로 갖고 놀아버리는 이가 연백호다. 이런 일쯤이야 땅 짚고 헤엄치기였다.

아진이 블랙윙으로 찍은 영상을 연백호는 흥미롭게 감상했다. 무엇보다 가장 그의 관심을 끌었던 건 다름 아닌 샤오샤오였다.

아진은 한 번도 샤오샤오에 대해 자세히 얘기한 적이 없었다. 그런데 샤오샤오는 진태랑을 너끈히 압도하는 괴력을 발휘했다.

물론 진태랑이 방심을 한 탓이 크다.

그렇다고는 해도 샤오샤오의 힘은 대단했다.

“그 녀석 좀 소환해 줄 수 있을까?”

연백호의 부탁에 아진은 샤오샤오를 불러냈다.

"소환, 샤오샤오."

허공에 빛 무리가 일었다. 빛 무리가 사라진 자리에 샤오샤오가 나타났다. 녀석은 주변을 둘러보다가 세 쌍의 눈이 자신을 지켜보자 화들짝 놀라 아진의 뒤에 숨었다.

"샤아아아아."

샤오샤오를 바라보는 연백호의 눈에 이채가 어렸다.

차서린은 저도 모르게 샤오샤오의 귀여움에 매료되어 입을 살짝 벌렸다.

"정말 매치가 안 되는군. 이렇게 귀여운 녀석이 진태랑을 때려눕히다니."

"겉모습에 속아서 호되게 당한 인간들이 제법 되죠."

"나 같아도 속았겠어. 이 몬스터는 대체 뭐지? 여태껏 이런 녀석을 본 적은 한 번도 없었는데."

"그냥 운 좋게 테이밍했을 뿐이에요. 저도 이렇게 강할 줄은 몰랐어요."

아진은 거짓말을 했다.

샤오샤오에 대해 진실을 말하려면 자신의 비밀도 털어놓아야 한다.

굳이 그럴 필요는 없었다.

연백호도 거기에 대해 더 따지고 들지 않았다.

"우리가 전쟁에서 승리하기 위해서는 샤오샤오의 힘이 절대적으로 필요해."

말을 하며 그가 샤오샤오에게 손을 내밀었다. 샤오샤오는 아진의 뒤로 더욱 몸을 뺐다.

"부끄러움을 정말 많이 타는구만."

"그렇더라구요."

샤오샤오를 보며 무언가를 한참 생각하던 연백호가 넌지시 물었다.

"아진 군. 정부 녀석들은 곧 전면전을 걸어올 걸세."

"곧이라고 하면?"

"이삼 일 내로."

그때 차서린이 끼어들었다.

"어떻게 확신하죠?"

"스파이를 심어뒀거든."

진태랑이 씩 웃으면서 컴퓨터 바탕 화면에 있는 동영상 하나를 플레이했다.

그러자 비디오 플레이어 창에 심현세 외교부 장관의 얼굴이 나타났다.

"심현세?"

아진이 놀라 물었다.

진태랑은 우선 동영상을 감상하라는 제스처를 취했다.

동영상 속 심현세는 어디인지 모를 장소에서 자신의 얼굴을 촬영하고 있었다.

"약속대로 현재까지 내가 알고 있는 모든 자료를 네가 알려 준 회선을 통해 업로드했다. 아마 나중에 내 발목을 잡을 셈이라는 걸 뻔히 알고 있음에도 네가 원하는 동영상을 이렇게 찍었고! 이번엔 네가 약속을 지킬 차례야. 미러클 테이머… 그 녀석을 만나게 해줘. 최대한 빨리."

동영상은 거기서 끝이 났다.

"이게… 뭡니까?"

"그게 말일세. 얼마 전에 심현세 의원으로부터 메일이 하나 왔네. 자네를 꼭 만나야 하는데 방법이 없냐는 짧은 글이었지. 무슨 영문인지는 모르겠지만 대단히 다급하고 간절해 보였어."

"아."

뭐 때문에 그러는 건지 바로 감이 왔다.

'정화수.'

아진은 레지스탕스에 들어가면서 심현세와 연락을 딱 끊었다.

더 이상 그와 거래할 것이 남아 있지 않았기 때문이다.

하지만 심현세는 그가 레지스탕스 소속이 되었음에도 계속해서 연락을 시도했다.

물론 일방적인 것이었다.

아진은 심현세의 연락을 모조리 씹어버렸고, 나중에는 번호를 완전히 차단했다.

아진에게 정화수를 받아 백혈병 걸린 딸을 살려야 하는 심현세의 입장에서는 똥줄이 타는 일이었다.

결국 심현세는 아진이 아닌 연백호에게 접촉을 하려 했다.

물론 쉽지 않은 일이었다.

연백호의 연락처를 알아내는 것도, 알아낸 연락처로 전화를 거는 것도.

심현세의 이런 정황을 정부 쪽에 심어놓은 첩자가 전해왔다. 연백호는 그에게 자신의 이메일을 힘겹게 알아낸 듯 일부러 살짝 흘리라 했다.

심현세는 그때부터 연백호의 덫에 빠진 줄도 모르고서 남의 계정을 빌려 메일을 보냈다.

물론 철저히 비밀리에 행해진 일이었다.

연백호는 답메일을 작성해서 보냈다. 거기에는 연백호의 개인 번호만 달랑 적혀 있었다.

메일을 보내고 난 지 채 10분이 지나지 않았을 때 심현세로부터 연락이 왔다.

연백호는 능청스럽게 전화를 받았다. 그는 아진과 만나기를 간절히 바라고 있었다. 이유가 무언지는 알 수 없었다. 하지만 전화기를 통해서 그의 상태가 고스란히 전해졌다.

그는 아진만 만나게 해준다면 무슨 일이든 할 것 같아 보였다.

그에 연백호는 심현세에게 자신이 원하는 정보를 넘겨주면 아진과의 만남을 주선하겠다고 말했다.

심현세는 처음엔 절대 그럴 수 없다며 발을 뺐다.

연백호는 미련 없이 전화를 끊었다. 당황한 심현세가 이후로 몇 번이고 전화를 더 했지만 받지 않았다. 그의 똥줄을 타게 만들려는 수작이었다.

심현세가 평상심을 유지할 수 있었다면 그게 다 연백호의 덫이라는 걸 눈치챘을 터였다.

하지만 당시의 심현세에겐 그런 평정심 따위가 남아 있지 않았다.

어떻게든 정화수를 받아 딸에게 먹여야 했다.

이미 두 달 치를 먹이지 못했다.

그러자 서서히 호전되던 딸아이의 상태가 갑자기 악화되었다.

이대로라면 다시 시한부 선고를 받을지도 모를 일이다.

이런 상황이니 심현세가 눈이 뒤집어지는 게 당연했다.

만약 정대영이나 윤진화가 심현세와 똑같은 입장이었다면? 그들은 과감하게 자식을 포기했을 것이다.

대업을 위해서는 피붙이도 희생할 준비가 되어 있는 독한 이들이었다.

하나 심현세는 그러지 못했다.

연백호는 심현세의 가슴이 다 타들어가 새까매질 때까지

뜸을 들인 뒤, 겨우 그의 연락을 받아줬다.

심현세는 연백호에게 무슨 짓이든 하겠다며 소리쳤다.

연백호는 그에게 정부 측의 굵직굵직한 중요 정보들을 넘기라 말했다. 심현세가 망설임 없이 그러겠다고 했다.

아울러 증거 영상을 하나 찍어 넘기라고도 했다. 심현세는 이 역시 수락했다.

이 모든 자료들이 넘어온 게 고작 한 시간 전이다.

“말해주겠나, 아진 군. 심현세의 약점이 뭔지.”

연백호의 은근한 물음에 아진은 가볍게 대답했다.

“딸이 아파요.”

“음? 어떻게 아프길래?”

“백혈병. 6개월 시한부 인생.”

“허어?”

“…였었죠.”

“시한부 인생이었었다? 그 말은 기적적으로 상태가 호전되어 지금은 아니라는 말인가?”

“제가 기적을 만들었죠.”

“궁금하구만.”

연백호가 턱을 쓰다듬으며 호기심을 드러냈다.

“음… 거창할 건 없어요. 몬스터의 전리품으로 제작한 포션 같은 건데, 저는 개인적으로 정화수라고 불러요.”

“그게 있으면 백혈병도 고칠 수 있다는 말인가?”

"놀랍게도 그렇습니다."

"진짜 놀랍군."

그 얘기에는 차서린도 눈을 동그랗게 떴다.

인류가 탄생하고 나서 꾸준히 발전되어 온 의학으로도 백혈병은 끝까지 치료하지 못했다.

그런데 아진은 몬스터의 전리품을 이용해 치료가 가능한 포션을 만들어냈다고 한다.

이건 거의 노벨상감의 발명이었다.

그런 걸 아진은 대수롭지 않다는 듯 얘기하는 중이었다.

"하, 하하하하."

연백호가 저도 모르게 너털웃음을 흘렸다.

"아, 웃어서 미안하네. 근데 웃음이 안 나올 수가 있어야지. 자네 정말 대단하구만. 내가 생각했던 것보다 더! 그런 지식은 어떻게 얻은 건가?"

"독학했습니다. 몬스터들한테 관심이 많아서."

아진은 그 이상 말을 하지 않았다.

연백호는 그가 무언가를 숨기고 있다는 걸 알았다. 그런 느낌은 아진을 처음 만났을 때부터 줄곧 받아왔다. 하지만 이것저것 따지고 들지 않았다. 아진이 악한 사람이 아니라는 걸 연백호는 간파했다. 그렇다면 그가 뭘 숨기고 있든 상관없었다.

연백호는 아진이 난처해하지 않도록 화제를 돌렸다.

"돌아가는 상황을 보아하니 심현세가 그대한테 주기적으로 약을 받아왔던 모양인데."

"네. 한 달에 한 번이었죠. 일부러 약을 조금씩 나눠서 줬어요. 사실 단 며칠 만에 고칠 수도 있는데, 그러면 내가 못 부려먹으니까."

"하하하! 그랬구만. 그럼… 그 얘기는 앞으로도 심현세를 부려먹을 수 있다는 얘기 아닌가?"

"그가 딸을 포기하지 않는다면 그렇겠죠."

이야기를 듣고 있던 차서린이 고개를 절레절레 저었다.

"그 딸만 불쌍하네요. 못난 아빠를 두는 바람에 이용당하는 입장이 되어버렸으니."

"이용? 무슨 그런 선량한 사람 나쁜 놈 만드는 발언을 합니까?"

아진이 발끈해서 따지고 들었다.

"어머나, 그냥 혼잣말한 거였는데 들렸어요?"

"심현세는 모르겠지만 그 딸아이는 약속대로 꼭 살릴 겁니다. 아무튼 심현세는 원하시면 얼마든지 이용할 수 있게 해드릴게요."

"부탁하도록 하지. 그러기 위해서는 심현세가 원하는 그 정화수부터 한 병 줘야 하겠는데."

"넘겨주죠, 뭐."

"직접 나서는 것보다 내가 첩자를 시켜 전달하도록 할 테니 내게 주는 게 편하고 안전할 것 같군."

"네. 그렇게 할게요. 어쨌든 이삼 일 내로 전면전이 벌어질 거라 했었죠?"

"그렇지."

"걸어오는 싸움을 피할 이유는 없죠."

차서린이 서슬 퍼런 음성을 흘렸다.

"맞는 말이야. 우리는 싸울 걸세. 대한민국의 진정한 자유를 위해서. 뿌리부터 썩어버린 이 나라를 싹 다 뒤집어엎어 진정한 민주주의를 되찾기 위해서. 이를 위해 가장 필요한 건 아진 군과 그 작은 몬스터의 힘일세."

"기꺼이 힘이 되어드리겠습니다."

"묻겠네. 전쟁에서 진태랑을 잡을 자신이 있는가?"

연백호의 눈빛이 어느 때보다 진중했다.

아진은 그 눈빛을 담담히 받아내며 대답했다.

"있습니다."

*　　　*　　　*

사흘 후.

심현세의 정보대로 정부는 레지스탕스에 전면전을 신청해 왔다.

그들을 무시하고 지하 기지 속에 숨어 있으면 전면전은 허사가 된다. 하지만 그럴 이유가 없었다. 레지스탕스는 이번 기회에 정부를 제압해야 했다.

아울러 레지스탕스가 전면전에 응하지 않으면, 정부는 그것을 빌미로 또 무슨 수작을 벌일지 모른다.

때문에 레지스탕스의 모든 데스페라도들은 전장으로 향했다.

두 거대 세력이 맞붙기로 한 곳은 인가가 없는 철원의 평야였다.

아이러니하게도 레지스탕스의 비밀 기지가 있는 땅이 전장의 무대가 된 것이다.

진태랑이 전면전을 걸어온 건 전쟁에서 이길 자신이 있다는 뜻이다. 그것은 곧 데스페라도 중 최강이랄 수 있는 아진을 잡을 방책이 생겼다는 것과 같은 말이다.

진태랑은 일전에 아진과 붙었다.

아진에게는 이겼으나 샤오샤오에겐 패했다.

아진을 잡으려면 샤오샤오를 해결해야 한다.

레지스탕스의 수뇌부들은 그가 샤오샤오에 대한 완벽한 공략법을 알아내기라도 한 것인가 싶어 불안했다.

하지만 그런 건 없었다.

진태랑은 단지 샤오샤오를 잡을 자신이 있었던 것뿐이다. 이런 사실을 모르는 레지스탕스의 수뇌부 몇몇은 방책을 강구해서 나가야 하지 않느냐 말했다.

그러나 진태랑이 무얼 준비했는지 모르는 상황에서 방책을 세울 수 있을 리 없었다. 아울러 아진은 반드시 진태랑을 잡겠다 자신했다.

진태랑이 순수한 힘으로 상대의 계책을 파괴시키는 것처럼, 샤오샤오 역시 공략법을 알았다고 해서 잡을 수 있는 몬스터가 아니라는 것이 아진의 말이었다.

레지스탕스가 정부의 전면전을 받아들이고 나서 이틀이 흘렀다.

1월, 철원의 혹한의 땅 위에 비욘더와 데스페라도들이 모여들었다.

*　　　*　　　*

정부 소속 비욘더 532인과, 레지스탕스 소속 데스페라도 724인이 투지를 불태웠다.

적당한 거리를 두고 떨어져 있는 두 세력들에게서는 비장함이 엿보였다.

이번이 최후의 전쟁이다.

여기서 승리하는 쪽이 세상을 바꿀 수 있다.

정부가 이길 경우 한국은 그들이 원하던 약육강식의 세상으로 변하고 만다.

황제 진태랑과 왕좌에 앉은 세 장관들의 다스림 아래 비욘더들은 귀족이 되고 일반인은 노예가 된다.

노예들에겐 인권이 사라진다. 그들은 무조건 비욘더들의 말을 따라야 한다. 그것이 힘의 논리다.

그런 비참한 역사의 도래를 막기 위해서라도 레지스탕스는 이겨야 했다.

일반인과 비욘더가 진정으로 화합하며 어울려 살 수 있는 나라를 만드는 것이 그들의 존재 의의다.

사실 지금 인류끼리 이렇게 싸우는 것 자체도 말이 안 된다.

인류에게는 몬스터라는 공공의 적이 있다.

판도라의 상자가 열렸을 때, 마지막으로 희망이라는 것이 튀어나온 것처럼, 비욘더는 전 인류의 희망이었다.

그런데 그들 중 불온한 마음을 가진 자들이, 공공의 목적에 써야 할 힘을 자신의 탐욕을 채우기 위해 휘두르고 있었다.

결국 한국은 지금 이 꼴이 나고 말았다.

두 세력이 대립하고 서 있는 모습을 저 멀리에서 수십 대의 카메라가 담고 있었다.

정부와 레지스탕스의 전쟁은 그 카메라들을 향해 브라운관과 인터넷으로 생중계되는 중이었다.

이미 정부에 악감정이 가득한 사람들은 한마음으로 레지스탕스가 이기기를 기도했다.

전쟁을 촬영 중인 이들 역시 마찬가지였다.

그들은 이 전쟁을 모두에게 알려야 한다는 사명감에 이곳으로 온 것이다.

아무리 멀리 떨어져서 촬영하고 있다지만, 능력자들 간의 전쟁이기에 여파에 휘말려 목숨을 잃을 수도 있다.

그럼에도 이곳에 왔다.

"제발 이 전란을 끝내주세요, 레지스탕스."

촬영을 하던 기자 중 한 명이 염원을 담아 중얼거렸다.

*　　　*　　　*

두 세력은 한동안 말없이 대치만 했다.

그렇게 목이 바짝바짝 타오르는 시간이 하염없이 흘렀다.

그때, 비욘더들을 제치고 진태랑이 앞으로 나섰다. 그가 우렁찬 목소리로 소리쳤다.

"미러클 테이머! 앞으로 나와라!"

진태랑은 아진을 도발하고 있었다.

아진이 데스페라도들 틈에서 모습을 드러냈다.

아진을 바라보는 진태랑의 두 눈이 탐욕으로 번들거렸다.

'그 작은 몬스터… 네 몸을 얻으면 녀석은 내 것이 된다.'

진태랑은 샤오샤오의 강함을 알게 된 이후 크게 반했다.

어떻게든 그 힘을 갖고 싶었다.

아진 자체만 놓고 보면 그냥 죽이는 게 맞다. 그러나 샤오샤오라는 존재가 그의 육신을 강탈하고 싶게끔 만들었다.

오늘, 반드시 그러겠다고 마음을 먹었다.

이를 위해서는 자신 외의 다른 모든 비욘더 대부분이 희생되어도 상관없었다.

아진의 강한 힘과 그를 따르는 몬스터들!

그것만 얻으면 된다.

비욘더는 어차피 계속해서 나타난다.

아울러 정부에서 비밀리에 실행하고 있는 인젝트 프로젝트 또한 완성 단계다.

비욘더의 몸에서 능력을 추출, 일반인에게 투여해 인위적인 비욘더를 만드는 실험이다.

능력을 추출당하는 비욘더가 죽어버린다는 사소한 문제가 있었으나 상관없었다.

한 명의 희생으로 열 명의 비욘더가 생기니 그 얼마나 멋진 일인가.

아울러 그들은 비욘더로 탄생되는 도중 스스로도 모르는 새 뇌에 작은 칩을 이식당한다.

그 칩은 사람의 정신을 지배하고, 진태랑의 명을 절대적으로 따르게끔 만든다.

한마디로 오로지 정부, 아니, 진태랑만을 위한 완벽한 꼭두각시 비욘더 부대가 만들어지는 것이다.

그것이야말로 진태랑이 궁극적으로 바라는 절대 집권의 형태였다.

그 꿈을 손에 넣기 위해서라도 전쟁에서 승리해 아진의 몸을 빼앗아야 했다.

"나왔다, 씹새야."

아진이 진태랑을 마주 보며 소리쳤다. 그의 거친 말에 진태랑이 씩 웃었다.

"이렇게 다시 만나니 정말 반갑다!"

"난 별로."

"기회를 주겠어. 지금이라도 연백호의 머리를 들고 온다면 피를 보는 일은 없을 거야. 그리고 레지스탕스의 데스페라도들은 부귀영화를 누리게 될 것이라 약속하지!"

진태랑은 데스페라도 소속의 일반인들에 대해서는 언급하지 않았다.

그는 일반인은 무조건 노예로 부릴 셈이었다.

물론 이러나저러나 아진은 진태랑의 제안을 받아들일 마음이 없었다.

"헛소리 다 했으면 시작하자. 에스페란자."

아진이 전신 갑주를 장착했다.

그러자 비욘더들과 다른 데스페라도들도 전투태세를 갖췄다.

진태랑이 고개를 좌우로 꺾었다. 목에서 뚜득거리는 소리가 크게 울렸다.

"역시 말로는 안 되는 거야. 그렇지?"
"그냥 덤벼, 새끼야."
"난 기회를 줬다. 후회하지 마라."
진태랑이 오른손을 높이 올렸다가 아래로 내렸다.
신호를 받은 비욘더들이 일제히 앞으로 달려 나갔다.
"소환, 몬스터 군단!"
아진이 120마리의 펫을 전부 소환했다.
"우르르르르!"
"뀨웃!"
"라라랑~"
"휴르르르르~"
"듀라란~"
환한 빛과 함께 소환된 펫들이 일제히 울부짖었다.
갑자기 불어난 아군의 수는 데스페라도들의 사기를 올려주었다.
"가자!"
신재림이 크게 소리치며 앞장섰다.
그를 따라 데스페라도들이 달려 나갔다.
이어 비욘더와 데스페라도들 간의 대격전이 벌어졌다.
콰르릉!
하늘에서 벼락이 떨어졌다.
쿠르릉!

지진이 일고 대지가 쩍쩍 갈라졌다. 갈라진 틈새에서 용암이 흘러넘쳤다.

"으아악!"

"아아아악!"

"꺄악!"

전투가 시작된 지 채 5분도 지나지 않아 백여 명이 목숨을 잃었다.

비욘더와 데스페라도들의 능력은 격돌하는 것만으로도 천재지변을 방불케 했다.

천둥번개와 지진, 용암이 이는 것도 모자라 어느 순간 눈보라가 몰아쳤다. 용암은 전부 식어 굳었고, 땅은 빙판길이 되었다. 그런 와중 얼어 죽는 이들도 속속 생겨났다.

눈보라가 그친 뒤엔 불덩이가 소나기처럼 쏟아졌다.

굳은 용암을 뚫고 돌의 창이 솟아올랐다.

비욘더와 데스페라도들은 불에 타고, 꼬챙이에 찔려 쉼 없이 죽어나갔다.

진태랑은 나서지 않았다.

그는 최대한 많은 인원이 죽어나갈 때까지 기다리며 아진만을 주시했다.

아진 역시 선불리 움직이지 않은 채 펫들을 조종했다.

아진은 진태랑의 시선을 느끼고서 그를 마주 바라봤다.

허공에서 맞부딪친 두 사람의 시선에 불똥이 튀었다.

'움직여, 조금 더 기다려?'

아진은 고민했다.

진태랑이 움직이지 않는다.

그런 이상 아진 역시 섣불리 나서기가 힘들었다.

그러는 동안에도 전장위의 사람들은 무수히 죽어나갔다.

1,300에 다다르던 이들의 머릿수가 이제는 그 반 이하로 확 줄었다.

비욘더가 100여 명, 데스페라도가 250여 명 남짓이었다.

이미 전장에 3클래스 이하의 능력자는 없었다.

전부 4클래스 이상이었다.

그때까지도 진태랑은 꿈쩍하지 않았다.

'무슨 속셈이지?'

아진은 전투가 시작되자마자 진태랑이 자신의 몸을 빼앗으려 할 것이라 생각했다. 그래서 그의 반경 50미터 내에 들어가지 않도록 조심하려 했다. 하지만 그러지 않았다.

진태랑은 꼿꼿하게 제자리에 서서 전쟁을 관조했다.

마치 남의 일인 것처럼.

'모르겠어.'

아진은 진태랑의 속셈을 알 수 없었다. 그게 당연했다. 진태랑의 능력이 발동되어야 하는 조건 중 가장 중요한 것을 모르기 때문이다.

반경 50미터 내에 강탈의 목표 대상 외에 다른 인간이 존재해서는 안 된다.

그래서 진태랑은 나서지 않았다.

비욘더와 데스페라도가 서로 싸우다 저절로 머릿수가 줄어들기를 기다렸다.

결국에는 아진과 자기 자신, 일대일의 싸움이 될 것이다.

그때 강탈을 사용하면 상황은 종결.

물론 샤오샤오라는 변수가 있지만, 정신을 바짝 차리면 상대하지 못할 것은 없었다.

샤오샤오를 적당히 막아내고 아진에게 다가가 몸을 강탈해 버리면 상황은 종료된다.

한편, 아진이 진태랑의 속셈이 뭔지 궁금해하고 있을 때, 진태랑은 다른 문제를 생각하는 중이었다.

'그런데 그 작은 몬스터는 어디 있지?'

진태랑이 샤오샤오를 찾았다.

사람과 사람들이 죽어나가는 난전 속에서 샤오샤오의 모습은 보이지 않았다.

'소환하지 않았나?'

이상했다.

그 몬스터의 능력이라면 이미 전장을 휘젓고 다녔어야 한다.

'소환하지 않았다고? 어째서? 아군들의 피해가 커질 뿐일 텐데?'

대체 무슨 생각을 하고 있는 건지 모를 노릇이었다.

전장은 갈수록 지옥도로 변했다.

하늘에서는 끊임없이 불덩이와 얼음덩이, 벼락들이 쏟아졌다.

피폐해질 대로 피폐해진 대지는 계속 찢어지며 용암을 토해냈다가 얼어붙었다가 몸부림치기를 반복했다.

"아아악!"

"아악!"

사람들의 비명이 고막을 쉴 새 없이 두들겼다.

진태랑은 이 정도면 슬슬 아진도 전쟁에 뛰어들 것이라 여겼다. 그는 정의의 사도는 아니지만 아군의 목숨을 하찮게 볼 정도로 막돼먹은 인간은 아니었다.

그럼에도 동료들의 죽음을 그저 보고만 있었다.

'제법 참을성이 있다는 건가?'

아진은 알고 있다.

이 전쟁에서 자신이 패하면 모든 것이 끝난다는 것을. 그래서 피가 나도록 이를 깨물며 감정을 억누르는 중이었다.

진태랑의 입장에서는 그가 난전에 뛰어들어 조금이라도 힘을 빼주는 게 이득이었다. 한데 그건 계획대로 풀리지 않았다.

'뭐, 크게 상관은 없다.'

이대로라면 곧 두 세력은 자멸할 것이다.

예상했던 것보다 일이 조금 더 수고스러워질 뿐, 아진의 몸을 강탈한다는 사실엔 변함이 없다.

그런데 여기서 또 샤오샤오의 존재를 왜 꺼내놓지 않은 건지에 대한 의문이 생긴다.

'동료들을 지키고 싶다면 소환해야 맞는데.'

그때였다.

무심코 하늘을 바라보던 진태랑은 무언가 이질감 같은 것을 느꼈다. 떨어져 내리는 벼락과 불덩이 사이에 무언가가 평온한 자세로 둥둥 떠다니고 있었다.

"저거… 설마……."

그 설마였다.

그것은 전쟁을 벌이는 인원이 너무 많아 부끄러워 죽겠는데, 도통 숨을 곳이 없어서 하늘을 날아버린 샤오샤오였다.

진태랑은 도무지 이해할 수가 없어서 고개를 갸웃거렸다.

"왜 안 싸우고 그냥 날아다녀?"

상황이 계속 아리송해지는 진태랑이었다.

하지만 진태랑으로서는 나쁠 게 없었다.

샤오샤오가 개입해서 초반부터 정부 측 비욘더들을 쓸어버렸다면 지금처럼 양패구상하는 그림이 나오지 않았을 것이다.

아진은 여전히 움직이지 않았다.

비욘더의 수는 이제 양쪽 진영을 다 합해도 100명이 채 되지 않았다.

피를 흘리며 차가운 시체가 되어 드러눕는 이들을 보며 아진은 주먹을 굳게 쥐었다.

'어쩔 수 없이 희생되어야 했던 10인의 목숨. 헛되이 만들지 않겠습니다.'

10인?

아진이 미친 게 아니라면 그런 생각은 할 수 없었다.

지금 죽어나간 사람이 몇인가? 족히 600이 넘는다. 그런데 10인의 목숨이라니, 얼토당토않았다.

하지만 아진이 헛소리를 하고 있는 건 아니었다.

이 전장에서 그의 눈에 비친 건 애초부터 10인의 데스페라도였다.

나머지 714명의 데스페라도는 전장에 나오지도 않았다. 그들은 현재 지하 비밀 기지에서 이 상황을 모니터하고 있는 중이었다.

귀신이 곡할 노릇이었다.

532명의 비욘더는 물론 진태랑도 700여 명의 데스페라도를 똑똑히 봤다. 그리고 전쟁이 벌어졌다.

두 진영의 이능력자들은 무서운 혈전을 벌였고, 우후죽순 죽어나갔다.

그런데 아진은 그들과 다른 것을 보고 있었다.

아진은 제들끼리 치고받는 100여 명의 비욘더들을 싸늘하게 지켜봤다.

이미 그들의 주변엔 시체가 산을 이루고 있었다.

정확한 수를 세어볼 수는 없지만 대략 500구는 되는 것 같았다. 그중 10구는 전장에 용감히 몸을 던진 데스페라도였다. 나머지는 전부 비욘더들이었다.

즉 처음부터 이 전쟁은 데스페라도 10명과 비욘더 532명의 싸움이었다.

하지만 비욘더들은 724명의 데스페라도와 맞붙고 있다고 믿었다. 하나 그들이 살수를 펼친 건 전부 동료들이었다.

전부 환상 속에서 놀아난 것이다.

이런 계책을 꾸민 건 다름 아닌 아진이었다.

아진의 몬스터 중 유일한 5레벨 몬스터 사천사는 얼마 전 7성으로 최종 성장 했다.

사천사는 3성 이후부터 외형의 변화는 크게 없었다. 다만 사천사가 가지고 있는 능력에 변화가 생긴다.

7성까지 자란 사천사는 기본적인 능력들이 모두 월등히 높아진다. 그리고 한 가지 능력이 더 생긴다. 바로 환각이다.

사천사는 기본적으로 특유의 노랫소리와 미모로 먹잇감을 홀리는 특성이 있다. 환각은 그 능력의 업그레이드판이다. 사천사가 흘려보내는 환각의 힘은 마치 마법과도 비견될 만큼 강력하다.

어지간한 생명체들은 환각에 꼼짝없이 당하고 만다.

아진은 이번 비욘더와의 전쟁에서 사천사의 환각 능력을

이용하기로 했다. 그러나 아무리 사천사의 힘이 대단하다고 해도 오백이 넘는 인원을 전부 환각에 빠지게 만들기란 어려웠다.

그래서 데스페라도 중 타인의 힘을 증폭시킬 수 있는 이들이 필요했다. 이번 전투에 투입되어 장렬히 사망한 10명의 데스페라도가 바로 그들이다.

그들의 전투력은 별 볼 일 없다. 하지만 그들은 아군의 힘을 몇 배 이상 증폭시켜 주는 능력을 가졌다. 그 능력으로 사천사의 힘을 증폭시켜 버린 것이다.

그리하여 강렬해진 환각의 힘이 비욘더들을 덮쳤다.

사실 사천사는 처음부터 전장에 소환되어 있었다. 다만, 비욘더들이 인식하지 못하고 있었을 뿐.

속절없이 당해 버린 비욘더들은 있지도 않은 적과 싸웠다. 그리고 아군을 죽여 나갔다.

그 모습은 멀리서 촬영을 하고 있던 카메라를 통해 여과 없이 송출되었다.

처음 데스페라도 측에 인원이 거의 없어 의아해하던 국민들은 비욘더가 제들끼리 싸우기 시작하는 걸 보고 환호했다.

하지만 그 와중에 사천사의 힘을 증폭시킨 10명의 데스페라도가 죽음을 맞았다.

아진이 피가 나도록 이를 깨물며 참았던 건 바로 그들의 죽음에 동요해 일을 그르치지 않기 위해서였다.

마음 같아서는 그들을 어떻게든 구하고 싶었다. 그러나 나설 수 없었다. 진태랑이 움직이지 않았기 때문이다. 그의 속내를 파악할 수 없으니 섣불리 행동하는 것은 금물이었다.

혹여라도 동료들을 구하는 데 정신이 팔린 사이 진태랑에게 몸을 빼앗길지도 모르는 일이다.

그렇다고 아무런 계획도 없이 진태랑을 잡겠다고 나선 건 아니다.

아진은 진태랑의 모습만 꾸준히 지켜봤다.

'샤오샤오, 진태랑의 관심을 끌어라.'

샤오샤오는 사천사의 환각에 당하지도, 아울러 사천사의 환각으로 그 존재를 숨길 수도 없었다.

사천사의 환각의 영역을 철저하게 거부하고 차단해 버렸다.

때문에 진태랑이 샤오샤오를 인식하지 못하게 하는 것이 불가능했다. 만약 그게 가능했다면 일은 더 쉬웠을 것이다.

아무튼 샤오샤오는 전장에 나왔다가 비욘더들이 싸우는 걸 보고 부끄러워서 아진의 뒤에 숨으려 했다.

그러나 아진은 이를 허락지 않았다.

샤오샤오가 다른 숨을 곳을 찾았으나 허허벌판에 딱히 좋은 장소가 없었다.

결국 샤오샤오는 하늘을 날아버렸다.

그런 샤오샤오의 모습을 진태랑이 포착했다. 아진이 계획했던 대로다. 환각으로 모습을 감춰 기습하는 것이 불가능하니 차선책을 세운 것이다.

아진이 샤오샤오에게 의지를 전했다.

'그 녀석 잡으면 내 뒤에 숨게 해줄게!'

"샤아아아(살았다아아)!"

샤오샤오가 수긍하고서 당장 진태랑에게 달려들었다.

어차피 비욘더들의 힘은 무력화되었다고 봐야 한다. 이제 목이 붙어 있는 자는 고작 서른이었다. 그나마도 반 이상이 중상을 입었고, 나머지 반은 힘이 고갈됐다.

샤오샤오가 진태랑만 잡아주면 상황은 끝이 난다.

진태랑은 여전히 비욘더와 데스페라도가 장엄한 전쟁을 벌이는 환각을 보고 있었다. 그런데 샤오샤오가 진태랑에게 쏜살같이 날아드는 순간, 환각이 깨졌다.

사천사의 힘이 다한 것이다.

갑자기 눈앞에 보이던 광경이 확 바뀌어 버리니 천하의 진태랑도 당황하고 말았다. 그러는 사이 샤오샤오는 진태랑의 코앞에 당도해 주먹을 내질렀다.

콰앙!

샤오샤오와 진태랑의 주먹이 맞부딪혔다.

"읍!"

진태랑의 입에서 저도 모르게 신음이 흘러나왔다.

그는 전과 달리 단단히 각오를 하고서 전력을 다해 샤오샤오와 맞섰다. 그럼에도 버거웠다.

'역시 보통이 아니야.'

샤오샤오의 주먹이 연달아 날아들었다.

진태랑은 이번에도 그것을 피하지 않고 마주 주먹을 내질렀다.

콰앙!

"크윽!"

"샤아아아!"

콰드득! 콰득!

샤오샤오의 힘을 견디지 못하고 진태랑의 발이 땅속에 파묻혔다.

"그만 까불어!"

진태랑이 눈을 희번덕거리며 반격을 가했다.

그의 두 주먹이 잔상을 남기며 뻗어 나갔다. 그리고 눈 한 번 깜빡할 시간에 수십 번이나 샤오샤오의 몸을 두들기려 했다. 그러나 샤오샤오는 그것을 전부 막거나 피했다.

진태랑의 공격이 전혀 먹히질 않았다.

샤오샤오 역시 진태랑에게 이렇다 할 일격을 가하지 못했다.

숨 한 번 길게 쉴 시간 동안 수백 번의 공방이 오갔다.

'어떻게든 잡아야 한다!'

샤오샤오를 무력화시키고서 아진을 잡아야 했다.

진태랑은 아진의 위치를 파악하기 위해 전장을 살폈다.

조금 전까지 지옥도를 방불케 하던 전장은 고요하기 그지 없었다.

'그나저나 저건 대체 어떻게 된 거야?'

분명 아까 전까지만 해도 그의 시선에 들어온 광경은 비욘더들과 데스페라도들의 혈투였다. 그런데 지금 보이는 건 비욘더들의 시체가 전부였다.

무슨 수작에 어떻게 당한 건지도 알 수 없었다.

의문점투성이였으나 지금은 그걸 밝혀낼 때가 아니었다.

아진을 찾아야 한다.

그런데 조금 전까지 아진이 서 있던 곳에 그의 모습이 보이지 않았다.

'어디 갔지?'

진태랑이 잠깐 한눈을 파는 사이.

빽!

"컥!"

샤오샤오의 니킥이 복부에 틀어박혔다.

오장육부가 뒤집어지는 고통에 눈이 홉떠졌다.

진태랑은 샤오샤오의 머리를 움켜쥐고 똑같이 몸에 니킥을 박아 넣었다.

빡!

하지만 샤오샤오는 그것을 한 손으로 가볍게 막아냈다. 그러고는 뒤돌려차기로 진태랑의 무릎을 때렸다.

빠각!

"윽!"

무릎뼈가 나가는 소리가 들렸다. 어마어마한 고통에 진태랑의 미간이 와락 구겨졌다.

잠깐 한눈을 판 것에 대한 대가치고는 무시무시했다.

역시 전력을 다해야 하는 상대였다, 샤오샤오는.

진태랑이 다시 모든 신경을 샤오샤오에게 집중했다. 그러자 또 몇 번의 팽팽한 공방이 이어졌다. 그러다 문득 샤오샤오의 몸에 빈틈이 나타났다.

'기회!'

진태랑이 그것을 놓치지 않고서 일격을 날리려 했다.

한데 뒤가 싸했다.

어느새 그의 뒤로 다가온 아진이 스케라 건의 총구를 바짝 들이대고 있었다. 그걸 느꼈을 때는 이미 늦어버렸다. 아진의 손이 방아쇠를 당겼다.

탕!

콰아아앙!

스케라 건의 주둥이로 삼중첩된 파이어 볼이 발포되었다.

"아아악!"

천하의 진태랑도 그것을 정통으로 얻어맞으니 무사할 수가 없었다.

등껍데기가 전부 벗겨지는 고통과 함께 땅바닥에 처박혔다.

콰콰쾅!

파이어 볼이 세 번이나 연쇄 폭발을 일으켰다.

폭발이 인 자리에 검은 연기가 피어났다.

여느 비욘더였다면 아마 가루가 되어 사라졌을 것이다. 하지만 상대는 진태랑이다. 결코 이 정도로 어떻게 되지는 않을 터.

아진은 긴장하며 스케라 건을 고쳐 잡았다.

검은 연기가 걷히고 나니 땅이 완전히 뒤집어져 푹 파인 자리에 박살 난 바위 조각이 무덤처럼 쌓인 광경이 나타났다.

그 돌무더기 속에서 진태랑이 불쑥 솟아올랐다.

그는 머리카락과 눈썹, 그리고 입고 있던 옷이 전부 타버려 볼썽사나운 모습이었다.

진태랑이 짐승처럼 크르륵거리며 아진을 노려봤다.

아진은 스케라 건을 다시 한 번 발사하려 했다. 한데 그런 생각을 하는 순간, 이미 진태랑은 아진의 코앞에 다가와 있었다.

덥석!

"큭!"

진태랑이 아진의 목울대를 잡아 들어 올렸다. 아진은 숨이 턱 막혀 발을 버둥거렸다.

"네 몸, 내가 갖겠다."

진태랑의 주변 50미터 내에는 아진 말고 다른 사람이 없었다. 타인의 몸을 강탈할 수 있는 조건이 갖춰졌다.

물론 몬스터는 존재한다.

바로 샤오샤오였다.

하지만 그깟 거 무시하면 그만이다.

강탈의 능력을 발동하면 눈 한 번 깜빡이는 순간 상대방의 몸은 그의 것이 된다.

샤오샤오가 진태랑의 몸을 망가뜨렸을 때는 이미 그 육신을 버리고 아진의 몸을 차지한 이후일 것이다.

…그래야 했다.

"샤아!"

퍽!

"컥!"

진태랑의 등뼈가 바스러졌다. 여태껏 겪어본 적 없는 빠른 공격에 그는 손 한번 제대로 쓰지 못하고 당했다.

털썩!

진태랑이 힘없이 허물어졌다.

그런 진태랑의 머리카락을 누군가가 낚아채 높이 들어올렸다.

"이건 또… 뭐야?"

"샤아아."

2미터가 넘는 키. 머리 양쪽으로 솟구친 거대한 뿔. 조각을 해놓은 듯 아름다운 얼굴과 근육질의 몸. 그리고 검은 털로 뒤덮인 하반신이 차례대로 진태랑의 눈에 들어왔다.

그것은 강제 성장으로 궁극의 모습을 갖춘 샤오샤오였다.

"나이스 타이밍."

아진이 아픈 목을 어루만지며 씩 웃더니 뒤로 빠르게 물러났다.

애초부터 아진은 스케라 건으로 진태랑을 잡을 생각이 없었다. 그건 그냥 신경을 자신에게로 돌리기 위한 수단이었다. 샤오샤오가 강제 성장 할 시간을 벌어주기 위한 수단!

사실 처음부터 샤오샤오를 강제 성장 시켜 싸워도 되는 일이었다.

하지만 아진은 확실한 걸 원했다. 약간의 변수도 인정하기 싫었다. 해서 진태랑의 허를 완벽히 찔러 버릴 수 있는 작전을 구상한 것이다.

결과적으로 작전은 통했고, 진태랑은 하반신이 마비된 채로 샤오샤오에게 머리채를 잡혔다.

"죽여."

아진의 말에 샤오샤오가 고개를 끄덕였다.

Taming 73
최악의 변수

'죽는다.'

죽음의 그늘이 드리워졌음을 진태랑은 느꼈다.

다른 비욘더의 몸을 빼앗아 살아가는 삶을 영위한 지 수십 년이 지났다.

어느 순간부터 그에게 죽음의 공포는 사라졌다.

몸이 노쇠하거나 더 강한 비욘더가 나타나면 그의 몸을 빼앗으면 그만이다.

영원불사의 능력.

강탈의 능력을 가진 황제!

그것이 바로 지금의 진태랑이었다.

그런데 샤오샤오 앞에서 수십 년 만에 잊고 있던 죽음의 공포가 되살아났다.

이 녀석이야말로 진정한 괴물이었다.

자신의 힘을 아무렇지 않게 짓눌러 버리는 무서운 괴물!

그게 샤오샤오였다.

전과는 완전히 다른 형태로 변해 버린 샤오샤오에겐 부끄러움이라는 감정이 배제되어 있었다.

샤오샤오의 손이 번개처럼 휘둘러졌다.

그때였다.

진태랑의 눈에 비추어지는 모든 광경들이 느리게 흘러갔다.

동시에 눈앞에 지금까지 살아왔던 삶의 시간이 파노라마처럼 흘렀다.

말로만 듣던 주마등이었다.

그것은 사람이 인생의 끝자락에 섰을 때만 볼 수 있는 것이다.

'진짜… 끝이라고? 이대로?'

모든 것이 느려진 와중임에도 주마등만 빠르게 흘러간다.

샤오샤오의 주먹은 하품이 나오도록 지루하게 다가온다. 그럼에도 피할 수는 없었다.

참으로 신기한 현상이었다.

하지만 진태랑에게는 그따위 것에 신경 쓸 겨를이 없었다.

'내가 어떻게 이 자리까지 왔는데, 내가 죽는다고? 웃기는

군. 난 황제다. 어떤 역경과 고난이 가로막아도 전부 짓밟고 여기까지 올라왔다. 절대… 절대 죽을 수 없……!'

진태랑이 삶에 대한 집착의 끈을 놓지 못하고서 소리 없는 비명을 지를 때였다. 그의 영혼에 기이한 공명이 일었다.

그것은 영혼이 다른 육신의 집을 찾았을 때 오는 신호다.

'영혼이 다른 곳으로 옮겨 가려 하고 있다!'

진태랑의 영혼은 새로운 육신을 느끼며 그 안으로 들어가려 했다.

'성공했었구나!'

강탈은 실패로 돌아간 게 아니다. 성공한 것이었다.

그의 능력 강탈은 분명히 발동되었다. 아니, 발동되었다고 생각했다. 거의 동시에 샤오샤오에게 척추가 꺾였다. 그 바람에 능력은 발동되려는 순간 다시 사그라들었다. 그렇게 생각했다.

한데 아니었다.

강탈은 무사히 발동됐고, 아진의 육신을 새로운 집으로 점찍었다.

일단 강탈이 시전되어 상대방의 몸을 포착하면 유효 범위 밖으로 벗어난들 소용이 없다.

'빼앗는다.'

진태랑이 그런 생각을 함과 동시에 주마등이 사라졌다.

그리고.

빠악!

그의 머리가 터져 나갔다.

털썩.

머리를 잃은 육신이 붉은 피를 분수처럼 쏟아내며 바닥에 쓰러졌다.

샤오샤오는 이미 죽어버린 진태랑의 육체를 발로 잘근잘근 밟았다.

우지끈! 퍽! 빠악! 콰드득!

고작 몇 번의 발길질에 진태랑의 육신은 다진 고깃덩이가 됐다. 더 이상 원형을 알아보기 어려울 만큼 심하게 망가졌다.

그걸 보고 있던 아진이 안도의 한숨을 내쉬었다.

"하아."

드디어 진태랑을 잡았다.

남의 몸을 빼앗아 버리는 괴물 같은 인간을 끝장냈다.

그런데 이상했다.

마음이 전혀 가볍지 않았다. 기쁘지도 않았다. 오히려 정말 진태랑을 잡은 건가? 하는 의문만 머릿속을 맴돌았다. 그때였다.

[네가 날 잡아? 웃기는 생각을 하는구나.]

"뭐, 뭐야!"

갑자기 들려온 진태랑의 목소리에 아진이 기겁했다.

그는 사위를 살피며 소리쳤다.

"진태랑? 아직도 살아 있어?!"

[그래. 살아 있지.]

"정말 지긋지긋한 놈이군. 어디냐. 숨어 있지 말고 나와서 떠들어."

[숨어 있지 말라고? 숨은 적 없는데?]

"웃기는 개소리 작작 해."

[정말이야. 네가 날 볼 수 없을 뿐이지. 난 지금 네 머릿속에서 떠들고 있거든.]

"뭐? 왜 내 머릿속에서……."

[내 영혼이 네 몸 안으로 들어왔으니까.]

그 말을 듣는 순간 아진의 온몸에 소름이 쫙 돋았다. 동시에 아진의 사지가 뻣뻣하게 굳어왔다.

[─팔다리가 말을 안 듣지? 주도권을 빼앗기고 있는 거야.]

"그게 무슨 개 같은 말이야! 넌 실패했어!"

[나도 그런 줄 알았지. 그런데 아니었어. 아주 간발의 차이였지만, 그게 우리 두 사람의 운명을 바꿔놓았다. 너는 졌어, 미라클 테이머.]

아진은 진태랑의 말을 도저히 믿을 수 없었다. 아니, 믿기 싫었다. 진태랑에게 육신을 강탈당했다니? 그 말인즉, 아진이 죽는다는 것이다.

진태랑의 강탈은 육신을 강탈당한 이의 영혼을 소멸시킨다.

이후 자신의 것으로 만든다.

이대로라면 아진의 영혼도 소멸될 것이다. 그리고 진태랑은 루아진이 되어 살아가게 된다.

자신의 몸을 자신이 아닌 자가 가지고 자신인 척하게 된다는 건 생각만 해도 끔찍했다.

아울러 지금 아진은 여러모로 중요한 위치에 서 있는 입장이다.

그런데 진태랑이 아진인 척 세상을 속이며 살아갈 경우, 결국 이 나라는 또다시 그의 손아귀에 놀아나게 될 것이다.

"안 돼……."

아진이 있는 힘을 다해 몸을 움직이려 했다. 하지만 육신의 주도권은 점점 더 진태랑에게 넘어갔다.

이제는 말도 제대로 나오지 않았다.

진태랑의 영혼이 아진의 육신에 완전히 착상하려 하고 있었다.

"이제… 이 몸은… 내… 거야……."

아진의 입꼬리가 위로 올라가며 이상하게 일그러졌다.

지금 나오는 것은 아진의 목소리를 빌린 진태랑의 말이었다.

[제기랄!]

아진의 의식은 육신의 주도권을 빼앗겼다.

그는 제 목소리를 내지 못하고 속으로만 소리쳤다.

"내가 다… 가져가겠다…… 크큭."

[누구 맘대로 내 몸을 빼앗아 가, 빌어먹을 새끼야!]

아진의 외침은 진태랑에게만 들렸다.

그 누구도 들을 수 없었다.

진태랑은 만족스럽게 고개를 끄덕였다.

"더 절규해라. 더 발악해라. 밑바닥으로 추락하는 인간을 지켜보는 건 즐거운 일이거든."

아진의 영혼은 이제 육신에서 완전히 떨어져 나갔다.

그대로 몇 분만 지나면 머물 곳을 잃은 영혼이 육신의 밖으로 빠져나오게 된다.

한마디로 죽어버린다는 것이다.

그건 절대로 안 될 일이었다.

하지만 아진의 마음과 달리 그의 의식은 빠르게 꺼져가고 있었다.

'이대로는… 이렇게는…….'

이대로 몸을 빼앗기면, 모든 것이 끝나 버린다.

아진은 마지막 힘을 다해 샤오샤오에게 의지를 전했다.

'샤오샤오, 날 죽여.'

"샤아?"

샤오샤오가 고개를 갸웃거렸다.

'날 죽이라고.'

아진은 스스로를 죽이라 말하는 데에 일말의 망설임도 없었다. 그의 성격을 알고 있는 사람이라면 혀를 내두를 일이었다.

누구보다도 스스로를 아끼는 이가 바로 아진이다.

그런데 아진은 샤오샤오에게 자기 자신을 죽이라 말하고 있었다.

최후의 순간, 그는 자기 자신의 안위보다도 사랑하는 사람들이 걱정됐다.

한국의 안녕을 위해서 목숨을 바쳤다고 한다면 그건 거짓말이다.

아진에게는 그의 아버지와 애인인 이환이 더욱 소중했다.

그들이 엉망이 되어버린 한국 땅에서 살아가기를 원하지 않았다.

남겨진 사람에게는 살 만한 나라를 안겨주고 싶었다.

'어서!'

망설이고 있는 샤오샤오를 아진이 다그쳤다.

"샤아……."

샤오샤오는 그래도 아진의 말을 듣지 않았다.

아니, 아진의 뜻대로 움직이려 하는 자신의 몸을 필사적으로 막는 중이었다.

샤오샤오는 아진이 길들인 펫이다.

펫은 기본적으로 테이머의 말에 복종하게 된다.

그것이 펫과 테이머의 관계다.

그런데 샤오샤오는 자신의 의지로 아진의 명을 거부하는 중이었다.

'어서 하라고!'

아진은 필사적이었다.

이제 수 초 후면 그의 의식이 사라질 것이다.

그럼 더 이상 샤오샤오는 아진의 펫이 아니게 된다. 진태랑의 펫이 된다.

샤오샤오는 몬스터 로드의 핏줄이다.

그만큼 강했고 때문에 진태랑의 손에 들어가는 순간 절망의 씨앗이 되고 만다.

'샤오샤오!'

"샤아……."

아진의 절박함을 느낀 샤오샤오가 마지못해 움직이려고 했다.

'샤오샤오오오오!'

"샤아아!"

결국 샤오샤오가 아진의 명을 따랐다.

그의 몸이 번개처럼 튀어 나가 아진의 몸 지척에 다다랐다.

그때였다.

"멈춰."

아진의 입을 빌린 진태랑이 명했다.

"……!"

샤오샤오의 움직임이 뚝 멎었다.

그의 손톱은 아진의 목 언저리까지 다가온 참이었다.

"그래그래, 말 잘 들어야지, 샤오샤오. 아진의 영혼이 소멸되는 순간까지 네 이름을 목놓아 부르던데, 망설여 준 덕분에 내가 살았다. 아주 고마워."

"……."

"그럼 이제 내가 새 주인이 되었으니 앞으로는 내 명령에 무조건 복종하는 충직한 개가 되길 바랄게."

샤오샤오는 아무런 대답이 없었다.

그러나 진태랑의 말에 거부감을 보이지도 않았다.

"우선 가장 먼저……."

진태랑이 씩 웃으며 손가락으로 땅을 가리켰다.

"이 밑에 있는 것들 다 잡아 죽여."

진태랑은 이미 철원의 땅 속 깊은 곳에 레지스탕스의 비밀기지가 있다는 걸 알고 있었다.

그는 오래전부터 레지스탕스의 기지를 찾기 위해 노력해 왔다.

그리고 한 달 전, 드디어 그 노력이 빛을 발했다.

어렵게 이곳에 지하 비밀 기지가 있다는 사실을 입수했다.

해서 전쟁의 무대도 이곳으로 잡은 것이다.

아진의 몸을 빼앗은 뒤, 샤오샤오를 이용해 레지스탕스를 일망타진하기 위해서 말이다.

물론 이건 아진의 몸을 강탈하지 못한다면 모두 허사에 그쳤을 일이다.

하나 그는 성공했다.

샤오샤오는 이제 그의 손아귀에 들어왔다.

뿐만 아니라 120마리의 몬스터까지도!

샤오샤오의 시선이 밑으로 향했다.

"그래, 그 안에 있는 인간들을 전부 죽여. 그게 네 첫 번째 임무야."

샤오샤오가 뭐에 홀린 듯 주먹을 말아 쥐고 바닥을 때렸다.

콰앙!

쩌저저적! 쩌적!

샤오샤오의 주먹질 한 방에 타격점을 중심으로 반경 1킬로미터나 되는 땅이 움푹 파였다.

콰아앙!

다시 한 번 주먹을 때려 박았다.

콰드드득! 콰드득! 콰카카칵!

이번엔 움푹 들어간 대지에 거미줄처럼 균열이 일었다.

그 여파는 지하 깊숙한 곳에 위치한 비밀 기지에까지 닿았다.

이대로 가다가는 기지에 있는 사람들이 전부 생매장당할 판이었다.

진태랑은 그 광경을 보며 낄낄댔다.

"잘한다! 레지스탕스의 개들아! 당장 튀어나와라! 안 그러면 그대로 수장당한다!"

진태랑은 즐거운 놀이라도 보는 것처럼 신이 나 있었다.

그러는 사이 다시 한 번 샤오샤오가 대지를 때렸다.

콰아아아아앙!

쿠웅! 드드드드드! 쿠드드득! 드드드!

균열이 더 심해지며 땅이 쩍쩍 갈라졌다.

감당할 수 없는 힘에 대지가 몸살이라도 난 듯 흔들렸다.

"좋아! 한 방 더!"

콰아아앙!

"한 방 더!"

콰앙!

"더 때려!"

콰아아앙!

샤오샤오의 주먹질은 계속됐다.

그에 따라 지하기지가 서서히 붕괴되기 시작했다.

안에서 모니터로 상황을 지켜보고 있던 사람들은 수뇌부들의 긴급 탈출 명령에 의해 분주히 밖으로 나가는 중이었다.

철원의 전장 위로 레지스탕스의 사람들이 하나둘 모습을 드러내기 시작했다.

이를 지켜보던 진태랑이 혀로 입술을 핥았다.

"벌레들이 하나둘 나오는구나. 어디… 그럼 몬스터 군단을 움직여 볼 차롄가?"

그의 시선이 전장과 조금 떨어진 곳에 한데 모여 상황을 지켜보고 있는 몬스터 군단에게 향했다.

"너희들한테도 첫 번째 임무를 줄게. 당장 개미굴에서 튀어나오는 인간들을 전부 죽……."

진태랑이 명령을 내리다 말고 입을 다물었다.

"…어? 이거… 뭐지?"

진태랑의 눈동자가 갑자기 불안하게 흔들렸다.

그리고 심연 깊은 곳에서 기이한 음성이 울려 퍼졌다.

[감히 네가 아진을… 지배한다고?]

"미러클… 테이머……?"

[네가 아진을 지배하겠다고? 네가? 아진을? 나도 지배하지 못했던 그 미친 영혼을?!]

진태랑에게 외치는 건 아진이 아니었다.

진태랑은 한 번도 겪어보지 못했던 상황에 적잖이 놀랐다.

"너… 뭐야? 누구야?"

[너 따위는 절대로 아진을 지배하지 못해. 아니, 나조차도 지배할 수 없지. 내가 너를 잡아먹겠다!]

진태랑이 미처 예상하지 못했던 최악의 변수.

아진의 안에 잠들어 있던 폭주령이 터졌다.

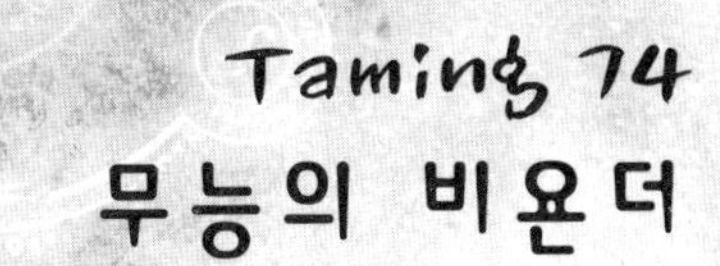
Taming 74
무능의 비욘더

내 몸을 진태랑에게 빼앗겼다.

의식은 점점 까마득한 나락으로 빠져들어 갔다.

이대로 죽는 건가.

결국 내가 져버리고 만 것인가.

난 고작 이 정도밖에 안 되는 인간인 것이었나?

앞으로 한국은 어떻게 되는 거지?

우리 아버지는? 이환은? 연백호, 신재림, 데스페라도, 그리고 레지스탕스는?

갖가지 걱정들이 파도처럼 몰아쳤다.

사위는 암흑이었다.

아무것도 존재치 않았다.

영혼이 몸에서 빠져나가면 내 몸이 보이고 그래야 하는 거 아닌가?

죽어본 적이 없어서 잘 모르겠다.

일이 어떻게 흘러가고 있는 건지 알 수가 없었다.

그저 지독한 공허함과 상실감만이 내 안을 가득 채웠다.

자식 빼앗긴 심정이 이럴까? 싶을 정도로 가슴이 욱씬거리고 아팠다.

가만히 숨만 쉬고 있는데 생살이 전부 도려지는 느낌이다.

나는 할 수 있는 게 도통 없었다.

차라리 모든 걸 포기해 버리면 마음이라도 편해질까?

그런 나약한 생각이 마음 깊숙한 곳에서 불쑥 튀어나왔다. 그러고서는 곧 내 전부를 갉아먹으려 했다.

그때였다.

[나약하군.]

누군가의 의지가 내게 전해졌다.

그것은 내 영혼을 크게 떨어 울렸다.

부정적인 것들로 가득한 늪 속에 한없이 빠져들어 가던 난 정신이 번쩍 들었다.

'누구야?'

내 물음에 다시 대답이 들려왔다.

[오래전부터 네 안에서 너와 함께 살고 있는 존재다.]

'내 안에서 나와 살고 있는 존재?'

[폭주령. 사람들은 날 그렇게 부르지.]

'폭주령!'

까맣게 잊고 있었다.

내 안에 나조차도 제어할 수 없는 광기의 영혼이 공존하고 있었다는 것을.

지금껏 폭주령은 위기의 순간마다 눈을 떴다.

나 스스로 감당할 수 없는 상태에 놓였을 때 나 대신 상황을 정리해 준 것이 폭주령이었다.

그 덕분에 몇 번이나 목숨을 건졌다.

지금도 마찬가지였다.

폭주령은 내가 진태랑에게 육신을 빼앗기는 순간 깨어났다.

[아직 온전히 빼앗기지 않았다. 나는 느낄 수 있다. 네 영혼의 끈은 육신과 아슬아슬하게 이어져 있다. 그리고 내가 지배권을 넘겨받았다. 잠깐 쉬어라. 상황이 정리되면 절로 네 의지가 다시 몸을 지배할 테니.]

갑자기 안심이 되었다.

폭주령은 어떻게든 이 위기를 해결해 나갈 거라는 믿음이 들었다.

'폭주령.'

내가 그를 불렀다.

[한가하게 대화나 하고 있을 때가 아니다.]

'너는 누구야? 내 안에는 여러 몬스터의 유전자가 주입되었어. 넌 그중 어떤 몬스터의 영혼인 거지?'

[몬스터 로드. 그의 핏속에 깃들어 있던 의지의 일부다. 때문에 난 몬스터 로드이기도 하고 아니기도 하지.]

몬스터 로드.

아마 그럴 것이라고 예상은 했다.

[몬스터 로드는 자신의 피에 의지를 나누어 담아 다른 생명체에게 주입할 수 있다. 이 피를 마시거나 주입하면 몬스터 로드의 의지가 잠재적으로 녹아들게 된다. 그러다 서서히 의지의 영역을 확장해 가다가 종내에는 숙주의 영혼을 잠식하고 육신을 차지한다. 차지한 육신은 몬스터 로드의 모습으로 변이를 일으킨다. 그렇게 새로운 몬스터 로드가 탄생하게 되는 것이다.]

뭐야?

그럼 나도 몬스터 로드가 되었을지 모른다는 얘기잖아?

[내게 잡아먹혔다면 그랬겠지. 하지만 네 영혼은 날 밀어내고 완전히 굴복시켰다. 폭주령의 힘이 깨어난 상태에서도 의식을 빼앗기지 않았다. 그러니 앞으로 몬스터 로드가 될 가능성은 전무하다. 겁먹지 마라.]

전혀 몰랐다.

몬스터 로드의 피를 주입당한 것이 이런 부작용을 불러일으킬 줄이야.

그런데 가만 생각해 보면 에스페란자 가문의 모든 이들은 테이머였다. 그것도 강제로 몬스터의 피를 주입받아 만들어진 테이머.

그들 역시 몬스터 로드의 피를 받아들였다.

때문에 언제든 폭주령에게 영혼을 잠식당할 위기에 놓여 있었다는 말이 된다.

하나, 아무도 몬스터 로드가 되지는 않았다.

이건 단순히 운이 좋았다고밖에 볼 수 없었다.

그러고 보니 바르반은 나를 테이머로 만들며 경고했었다. 폭주령에게 잡아먹혀 평생 이성을 찾지 못한 상태로 살아갈지도 모른다고.

그 말의 속뜻은 몬스터 로드가 될 수도 있다는 것이었을까?

이제 와서 그런 건 상관없다. 중요한 건 바르반은 현자라 칭해지지만 실은 무지했다는 것이다.

멀쩡한 사람이 몬스터 로드로 변할지도 모르는 위험한 실험을 그는, 아니, 에스페란자 가문은 강행해 왔다.

아무도 몬스터 로드가 되지 않았기에 망정이지 만약 한 명이라도 폭주령에게 제압을 당했다면 에스테리앙 대륙에는 최악의 재앙이 닥쳤을 것이다.

이쯤 되니 궁금한 게 하나 더 생긴다.

'샤오샤오는? 그 녀석들은 몬스터 로드의 적자가 맞나?'

[누가 그러던가, 샤오샤오가 적자라고? 샤오샤오는 몬스터 로드의 유전인자를 품고 살아가는 몬스터일 뿐. 몬스터 로드는 다른 생명처럼 관계를 통해 생명을 잉태하지 않는다. 자신의 유전인자를 주입해서 기생시키지.]

내가 알고 있던 사실과는 전혀 다르다.

난 여태껏 샤오샤오가 몬스터 로드의 적자라 알고 있었다.

그런데 그게 아니었다.

폭주령은 전혀 다른 얘기를 풀어놓았다.

[샤오샤오라는 몬스터는 겁이 많고 겉보기와 달리 상당히 강하다. 어지간하면 남의 눈에 띄기 싫어해서 늘 숨어 다니는 몬스터. 그러면서도 약하지 않은 몬스터. 그런 녀석의 몸에 유전인자가 주입되면 그 안에 있는 자아가 무사히 자라 육신을 차지할 가능성이 높아지지. 그래서 몬스터 로드는 샤오샤오를 선택했다. 하지만 샤오샤오는 이후로 단 한 마리도 폭주령에게 제압당하지 않았다. 물론 이것에 대한 정보는 전부 네 안에 기생해 살아가면서 얻게 된 것이지만.]

'어째서지?'

[이유는 나도 모른다. 샤오샤오는 천성적으로 다른 생명체를 매혹시키는 힘이 있지. 어쩌면 몬스터 로드의 자아 역시 그런 샤오샤오의 천성에 매혹되어 몸을 빼앗지 못하는 것일지도.]

그것은 폭주령의 추론이었다.

사실 유치하고 말도 안 되는 추론일 수도 있다.

하지만 어쩐지 나는 그게 말이 된다고 생각해 버렸다.

'샤오샤오 저 녀석이라면 가능할지도.'

워낙에 종잡을 수 없는 몬스터다.

불가능할 것이라 여겼던 것들을 전부 가능하게 만들었다.

내가 알고 있던 세상의 기본 법칙도 깨부숴 버렸다.

그런 녀석인데 몬스터 로드의 자아를 꼬시는 것쯤이야 뭐… 그럴 수도 있겠거니 하게 된다.

[이제 정말 일을 수습하러 가봐야겠군.]

폭주령과 나는 많은 대화를 나눴다.

하지만 현실의 시간으로 1초도 채 지나지 않았다는 걸 알 수 있었다.

어째서 내가 그걸 알 수 있는 건지는 모른다. 그저 그런 확신이 들었다.

지금 난 의식의 세계 속에 있다.

이곳에서의 대화법은 현실의 대화법과 다르다. 그리고 흐르는 시간의 개념 역시 다르다.

나와 폭주령은 지금까지 음성이 아닌 의지를 주고받아 대화를 이어나갔다.

[곧 정리하고 몸을 돌려주겠다. 그다음 일은 알아서 해라.]

'고맙다, 폭주령.'

[됐다. 아, 그리고 진태랑이라 불리는 녀석의 영혼을 봤다.]

'영혼을 봤다는 건 그 녀석의 실체를 봤다는 말이야?'

[그래. 지동연. 놈의 영혼이 가지고 있는 이름이다.]

지동연!

내가 익히 알고 있는 이름이다.

디멘션 임팩트가 일어난 이후 탄생한 1세대 비욘더들 중 한 명. 무능의 비욘더라는 별명으로 더 많이 회자되는 이다.

발현되는 에너지 파장을 분석해 보니 각성을 한 건 확실한데, 도무지 어떤 능력을 각성한 건지 알 수가 없었다.

때문에 던전에 들어가는 건 말도 안 되는 일이었다.

위에서 언급했듯이 사람들과 동료 비욘더들에게 무능의 비욘더라는 조롱까지 들어야 했다.

그러던 어느 날, 지동연은 당시 비욘더들이 함께 생활하던 숙소에서 사체로 발견된다.

당시에는 지동연의 사인에 대해서 누구도 정확히 짚어내지 못했다. 아무런 외상이나 내상도 없이 그냥 죽어버렸기 때문이다.

다만 CCTV를 확인해 보니 당시 비욘더 들 중 서열 1위를 자랑하던 서진석이 지동연이 사망했다고 추정되는 시간에 그의 방에 들어갔다 나온 것이 확인됐다.

그렇다면 서진석을 구속해서 살인 혐의로 조사를 해야 마땅했다.

하나 당시의 서진석은 몬스터들로부터 수많은 이의 목숨을 지켜주는 영웅이었다.

그가 자리를 비울 경우 수많은 몬스터들이 던전 밖으로 튀어나올 것이고, 그때의 인명 피해는 걷잡을 수 없을 커질 터였다.

아울러 서진석 역시 지동연을 죽인 적 없으며, 자신이 들어갔을 때는 이미 사망한 상태라고 진술했다.

따라서 경찰은 어쩔 수 없이 서진석을 무혐의 처분 했다.

'그때 지동연은 이미 서진석의 몸을 차지했던 거야.'

이후로 지동연은 계속해서 다른 비욘더의 몸을 빼앗아 지금까지 삶을 영위해 온 것이다.

스스로를 황제라 칭해 정부를 장악한 뒤, 자신만의 왕국을 세울 생각으로 말이다.

물론 지동연도 처음부터 잘못된 인간은 아니었을 것이다.

비욘더가 된 이후 지동연의 생은 가혹하다 할 만큼 엉망이었던 것으로 전해진다.

주변 동료들은 물론이고 국민 전체에게 무시를 당했다.

아무 능력도 없는 비욘더가 국민의 세금을 축내며 국가의 보호를 받고 있다 비난받았다.

하지만 그에겐 능력이 없는 게 아니었다.

다만, 사용할 수 없는 능력이었을 뿐.

결국 지동연은 잘못된 선택을 했다.

그런 비루한 삶을 바꾸기 위해 타인의 육신을 갈취한 것이다.

한마디로 황제라는 괴물을 만든 건 어쩌면 비뚤어진 사회일지도 모른다.

착잡한 마음에 입안이 썼다.

응? 가만… 입안이 쓰다고? 이건 어떤 은유적 표현이 아니다. 정말로 입안이 씁쓸하고 거칠거렸다.

"흐읍… 크으으!"

소리가 들린다.

조금 전까지는 완벽한 진공의 상태였다.

그런데 귀로 내 것이라고 짐작되는 거친 숨소리가 들려왔다.

"빼앗길 수 없어……!"

내가 말을 하고 있다.

하지만 내 의지로 내뱉는 건 아니다.

여전히 진태랑이 육신을 컨트롤하고 있었다.

[끈질긴 놈. 그래봤자 넌 기생충에 지나지 않는다!]

폭주령이 일갈을 내질렀다.

순간!

[아아아아아아!]

여전히 어두운 의식의 공간을 부유하는 내 앞에 파란빛 한 덩이가 나타났다.

[으아아! 아아아아아!]

괴로운 비명을 연신 질러대는 그 빛 덩이는 다름 아닌 진태랑의 영혼이었다.
아니, 정확히 얘기하자면 지동연의 영혼이겠지.
'지동연.'
내가 그를 불렀다.
[그 이름 입에 담지 마!]
'네가 아무리 부정해도 넌 지동연이다. 그리고 네가 졌다.'
[이럴 수 없어! 네 몸은 내 거야!]
'이제 다 끝났어.'
[끝나지 않았어! 난 최강의 비욘더다! 한 번도 그 자리를 내어준 적이 없다! 내가 최고라고!]
'넌 남의 것을 쉽게 빼앗아왔을 뿐이야. 네가 가졌던 것들은 전부 다 거짓이야. 애초에 네 것이었던 건 아무것도 없었다.'
[어디서 설교질이야! 네가 뭘 알아! 너희 같은 하찮은 것들이 뭘 아느냔 말이야!]
'끝까지 쓰레기군. 잘 들어라, 쓰레기. 네가 가지고 있던 진태랑의 육신은 목 없는 시체가 됐어. 그리고 넌 내 몸을 빼앗지 못했다. 여기서 쫓겨나면 결국 돌아갈 곳이 없으니 저승으로 인도되겠지.'
[뺏기지 않아! 절대 빼앗기지 않……!]
발악하던 지동연의 영혼이 갑자기 희미해졌다.
[으어… 으… 아아……!]

영혼은 바람 앞의 등불처럼 곧 꺼질 듯 불안하게 흔들렸다. 그러다 결국.

[이럴 순 없… 어…….]

내 앞에서 완전히 소멸됐다.

동시에 눈앞이 환해졌다.

나는 엉망이 되어버린 전장의 대지 위에 서 있었다.

"돌아… 온 건가?"

내 의지에 따라 말을 내놓는 음성이 들렸다.

"샤아?"

어느새 강제 성장에서 풀려난 샤오샤오가 내 앞에 다가와 날 바라보고 서 있다.

난 샤오샤오의 머리를 쓰다듬어 주었다.

손이, 내가 원하는 대로 움직인다.

"되찾았어."

지동연에게서 내 몸을 지켜냈다.

Taming 75
종결

[축하한다.]

황제를 제압하고 빼앗길 뻔했던 몸을 되찾았다.

폭주령은 내 안에서 의지를 전했다.

"고마워, 네 덕분이다."

솔직히 말해서 이번만큼은 정말 죽는구나 하고 생각했다. 이토록 큰 무력감을 느껴본 적은 처음이었다.

그런데 폭주령이 날 살렸다.

[고마워할 것 없다. 내가 널 살린 게 아니라 네가 스스로 널 살린 거니까.]

"겸손 떠는 거야?"

[겸손? 나랑은 어울리지 않는 단어다. 사실을 말했을 뿐.]

"이해가 안 되는데. 누가 봐도 이건 명백하게 네 도움을 받은 거잖아."

[네가 나를 불렀다.]

"부른 적 없는 걸로 안다. 괜히 멋쩍어서 진실까지 날조하려 그러냐?"

[너의 무의식이 날 불렀다. 영혼이 육신에서 완전히 떨어져 나가기 직전, 잠들어 있던 나를 네가 깨웠다. 진태랑의 영혼을 밀어내라고.]

아무래도 폭주령이 거짓을 말하는 것 같진 않았다.

한데 나는 도통 그런 기억이 없으니 꼭 남의 얘기를 듣는 기분이다.

[지구에서 내가 두 번째로 깨어났던 때를 기억하나?]

"아아, 기억하지. 필드에서 싸울 때였나?"

[그때 넌 날 완벽하게 제압했다. 덕분에 일시적으로 내 힘을 사용하며 이성을 잃지 않았지.]

"그런데 그게 왜?"

[폭주령의 선택은 두 가지뿐이다. 기생하고 있는 숙주의 정신을 지배하거나 지배당하거나. 전자의 경우 차기 몬스터 로드로 각성한다. 후자의 경우 대부분 숙주의 안에서 아무것도 못 한 채 소멸된다. 혹은 낮은 확률로 숙주에게 지배당해 복종한다.]

"그럼 넌 내게 복종하고 있다는 건가?"

[그렇다. 아울러 폭주령의 상태에 들어가야만 발휘되던 내 힘을 평상시에도 사용할 수 있게 된다. 다만, 이런 상태가 되기 위해서는 적당한 시간이 필요하다. 지금은 충분한 시간이 흘렀고 내 힘은 전부 네게 흡수되었다.]

폭주령의 말을 들으며 난 내 몸 상태를 관조했다.

과연 세포 하나하나에서 어마어마한 힘이 용솟음치는 게 느껴졌다.

몸이 날아갈 듯 가벼우면서도 강한 태풍에도 끄덕하지 않을 것처럼 묵직했다.

마치 에스페란자를 입고 육체 강화를 레벨을 최고치로 올려놓은 상태 같았다.

아니, 그보다 더 강했다.

이 정도면 갑주를 걸치지 않고도 진태랑과 충분히 붙어볼 수 있을 만했다.

"어마어마하군. 폭주령의 힘이라는 거."

[정확히는 몬스터 로드의 힘이다. 더 정확하게는 힘의 일부고.]

힘의 일부라고?

그럼 몬스터 로드의 힘은 대체 어느 정도라는 거야?

여태껏 기록으로만 접했던 몬스터 로드의 실체를 조금이나마 엿본 기분이다.

'등골이 으스스해지네.'

몬스터 로드와 같은 시대를 살아가지 않고 있다는 것에 감사… 가 아니라, 잠깐만.

그럼 지금 내 샤오샤오는 어떻게 되는 거야?

설마 몬스터 로드의 의지에 먹히는 건 아니겠지?

에스테리앙 대륙에서는 몬스터 로드가 죽은 이후 몇백 년이 넘는 시간 동안 몬스터 로드의 재림이라는 사건은 일어나지 않았었다.

그러니까 샤오샤오가 몬스터 로드화하지 않았다는 것이다.

내가 길들인 샤오샤오도 몬스터 로드로 변하는 일은 없겠지?

갑자기 걱정이 됐다.

그런 내 심경을 읽은 듯 폭주령이 말했다.

[샤오샤오, 관리 잘하도록 해. 녀석의 내면에서는 나보다 강인한 의지가 느껴진다. 이미 몬스터 로드의 자아가 많이 커졌어.]

"뭐?"

[샤오샤오라는 몬스터는 그렇게 대단한 놈들이 아니야. 강력하긴 해도 찢어진 공간을 물리력으로 닫거나 제멋대로 허공을 걸어 다니는 짓은 할 수 없다. 지금 네가 길들인 녀석이 그런 짓을 대수롭잖게 벌이는 건 몬스터 로드의 자아가 강해졌기 때문이야.]

"이런… 전혀 그런 쪽으로는 생각하지 못했어."

난 샤오샤오라는 종족 자체가 상상을 초월할 만큼 강한 놈들인 줄만 알았다.

폭주령의 말대로라면 샤오샤오는 에스테리앙 대륙의 몬스터 학자들이 연구한 것처럼 4레벨 몬스터가 맞을 것이다.

내 샤오샤오가 특별한 거였다.

[그 녀석 두 번인가 강제 성장을 했었지.]

"응. 그것도 문제가 돼?"

[몬스터 로드의 유전인자를 물려받은 샤오샤오들의 최종 성장 형태는 결국 몬스터 로드다.]

"아……!"

그러니까 내 샤오샤오는 강제 성장을 두 번이나 하면서 몬스터 로드의 모습으로 최종 성장을 했기 때문에 기생하는 자아가 강해졌다는 얘기다.

여기서 드는 사소한 의문 하나.

"그럼 몬스터 로드가 고작 2미터밖에 안 되는 녀석이었단 말야?"

[외형은 그렇다. 하지만 그 안에 담긴 힘은 세상을 멸망시킬 만큼 어마어마하지.]

"그건 내가 직접 겪어보고 있으니 굳이 설명 안 해도 돼."

고작 작은 자아를 정복한 것만으로 괴물 같던 진태랑과 맞먹을 정도의 힘을 얻었다.

몬스터 로드는 그 자체로 재앙이나 다름없는 존재다.
그런데 샤오샤오가 그 몬스터 로드로 각성할 수도 있다.
"네가 보기에 많이 위험한 상태야?"
[지금으로서는 반반이라고 해야겠군.]
절대 안심할 수 있는 수치가 아니다.
이거 이러다가 최종 보스가 샤오샤오가 되는 거 아닌지 모르겠다.
난 심각한 얼굴로 샤오샤오를 내려다봤다. 녀석은 아무것도 모르는 순진한 표정으로 고개를 갸웃거렸다.
"샤아?"
"아무것도 아니야."
[그럼 난 물러가도록 하지.]
"앞으로도 지금처럼 부지불식간에 다시 튀어나올 수 있는 거야?"
[아니, 이제 깊은 잠에 빠져들 것이다. 내 힘은 온전히 네 것이 될 테고, 우리가 이렇게 대화를 나누는 건 이번이 마지막이겠지.]
"그렇군. 고마웠다, 여러모로."
[네 스스로에게 고마워해라.]
"그래그래. 널 불러낸 건 내 무의식에서 발현된 의지였다고. 알았다. 하여튼 초지일관이구나, 너도."
[행운을 빈다.]

그 말을 마지막으로 폭주령의 의지는 전해지지 않았다.

그제야 난 주변을 둘러볼 여유가 생겼다.

조금 전까지만 해도 정신이 없어 몰랐는데, 지하 기지 밖으로 나온 레지스탕스의 대원들이 내 주변을 넓게 포위하듯 서 있었다.

상당히 멀리 떨어져 있기에 보통 사람의 시력으로는 어떤 표정들을 짓고 있는지 보이지도 않았을 것이다.

하지만 지금의 내 눈에는 아주 또렷하게 보였다.

폭주령의 힘을 흡수하면서 시력, 후각, 청각의 능력이 월등하게 높아졌기 때문이다.

레지스탕스 요원들은 하나같이 잔뜩 긴장해서는 마른침을 꿀꺽꿀꺽 넘기고 있었다.

내가 샤오샤오를 시켜 지하 기지를 박살 내려 했으니 놀랄 만도 했겠지.

아마 지금의 나를 진태랑이라고 생각하고 있을 것이다.

난 그들에게 손을 흔들며 소리쳤다.

"진태랑 잡았으니까 그만들 쫄고 이리 와요!"

그러자 장관들 동영상 파문 이후, 레지스탕스에 제 발로 찾아 들어온 한규설이 마주 손을 흔들며 내게 다가오려 했다.

"그래~ 간다~! 이번에야말로 나랑 한판 붙어보자!"

역시나 저 녀석의 머릿속에는 여전히 강한 사람이랑 대련하는 것 말고는 든 게 없는 모양이다.

그런 한규설을 과거 칠왕의 리더였던 서리안이 붙잡았다.

"너 그렇게 튀어 나갔다가 저거 아진이 아니면 모가지 잘린다?"

한참 떨어진 거리에서 낮게 중얼거린 말인데도 내 귀에는 전부 들렸다.

모가지 잘린다는 섬뜩한 말을 농담처럼 진담인 듯 가볍게 던진 서리안이 하품을 쩍 했다.

"흐아암~ 그나저나 자고 있다가 난리 나는 바람에 아직도 졸려."

이런 상황에서 저런 태평한 얘기를 할 수 있는 건 서리안이 유일할 거다.

"나도 먹다 남긴 스튜가 아까워!"

정정. 한규설도 추가.

"어떻게 하지?"

비욘더 서열 8위 전다경이 주변을 둘러보며 물었다.

지금 내 정체성을 확실히 알 수 없어서 저러는 건데, 어떻게 확인시켜 줘야 하나?

그때 용감한 여인 한 명이 성큼성큼 내게 다가왔다.

이환이었다.

사람들이 이환을 막으려고 했으나, 그녀는 과감하게 뿌리쳤다.

그녀의 확고한 태도에 끝까지 따라붙어 말리던 이들도 결국 포기했다.

이환을 막기 힘들어서라기보다는 나와의 거리가 가까워지는 게 겁이 나서였을 것이다.

금세 내 지척까지 다가온 이환이 강직한 시선을 던졌다.

"아진 님."

"응, 이환."

"아진 님 맞아요?"

"어때 보여?"

"느낌상으로는 그런 것 같은데 확신할 수는 없어요. 제 사적인 마음이 올바른 판단을 하지 못하도록 혼란을 주고 있는 것일지도 모르니까요."

"그럼 난 느낌을 따라가라고 조언해 줄게."

"하나 물어볼게요."

"얼마든지."

"우리, 처음으로 만났던 던전의 끝에서 무슨 일이 일어났었는지 기억하나요?"

이환은 우리 둘만 알고 있는 추억을 꺼냈다.

날 시험해 보려는 것이다.

진태랑은 사람의 육신만 빼앗는 것이지 정신이나 기억까지는 빼앗지 못한다.

내가 진태랑이라면 이 물음에 대답하지 못했겠지.

하지만 난 진태랑이 아니거든, 이환.

"물론. 사실 기억한다고 하면 거짓말이지. 그때 나는 폭주령이 터져서 이성을 잃고 푸르푸르 퀸을 갈기갈기 찢어놨었으니까. 그러고 나서 기절을 했었던 모양이야. 그런데 눈을 떠보니까 이환이 내게 진한 딥키스를……."

퍽!

윽, 옆구리에 주먹이 꽂혔다.

"그, 그만! 더 이상 말하지 마세요!"

"왜? 이환이 먼저 물어봤잖아."

"아무튼 그만해요! 그리고 그때 그거 딥키스 같은 게 아니라 인공호흡 하던 거였다구요!"

"알았어. 그럼 이제 확인은 된 거죠?"

이환이 비로소 미소 지으며 고개를 끄덕였다.

그리고 그런 그녀의 반응을 살피던 레지스탕스의 사람들이 제들끼리 수군거렸다.

"진짜 미러클 테이머 맞는 거야?"

"애인한테 해코지 안 하는 거 보면 그렇지 않을까?"

"그런데 왜 이 난동을 피웠대? 하마터면 우리 다 매장당할 뻔했잖아."

난 그 소리를 들으며 입맛을 쩝 다셨다.

"왜 그래요?"

이환이 물었다.

그녀의 귀에는 저들이 떠드는 소리가 들리지 않을 것이다.

누가 좀 이 상황을 정리해 주면 좋겠다 싶었을 때였다.
"돌아온 걸 환영한다! 미러클 테이머!"
기차 화통을 삶아 먹은 것 같은 음성이 폐허가 된 대지 위에 쩌렁쩌렁 울렸다.
연백호였다.
모든 이의 주목을 끄는 데 성공한 그는 씩 웃으며 박수를 쳤다.
잠시 당황하던 레지스탕스의 대원들은 그런 연백호를 보다가 너도나도 덩달아 박수를 쳐댔다.
연백호는 레지스탕스의 정신적 지주 같은 인물이다. 그가 나서서 내가 무사히 돌아왔음을 인정해 주었다. 그에 다른 대원들의 의심이 거짓말처럼 풀어졌다.
실로 신뢰를 한 몸에 받는 사람의 영향력은 어마어마한 것이다.
'이러니 사이비 종교에 목매는 사람들이 많은 거지.'
속으로는 툴툴거렸지만, 내심 연백호가 고마웠다.
그가 앞장서서 내게 다가오니 다른 이들도 뒤를 따라 우르르 몰려들었다.
연백호의 바로 옆에는 신재림이 함께였다.
"정말 루아진 맞는 거지?"
신재림이 내 어깨를 툭 치며 물었다.
난 이환의 손을 꼭 잡아 보이며 대답했다.

"이미 둘만의 은밀한 비밀에 대해서 대화를 마쳤거든."

"꺄!"

퍽!

윽! 이환의 주먹이 또 한 번 내 옆구리를 두들겼다.

"으하하하하하!"

"은밀한 비밀 같은 건 다 같이 공유하자고!"

여기저기서 왁자한 웃음소리가 들려왔다.

연백호도 함께 웃다가 별안간 나를 와락 끌어안았다.

남자에게 안기는 취미 같은 건 없는지라 저항하려다가 말았다.

여기서 내가 버티고 있으면 연백호 체면 다 구길 테니까.

"고맙네, 미러클 테이머. 자네가 이 전쟁을 승리로 이끈 영웅일세. 자네가 수많은 목숨을 구했네."

"끝까지 정신 못 차리고 진태랑한테 영혼을 빼앗겼다면 모든 사람들을 저세상으로 보냈을지도 모르겠으나, 어쨌든 네, 저는 지지 않았고 진태랑은 죽었습니다. 무사히 돌아왔고, 전쟁은 끝났습니다. 우리가 이겼습니다."

연백호가 크게 고개를 끄덕이며 내 손을 번쩍 들어 올렸다.

"모두! 전쟁 영웅 미러클 테이머 루아진에게 박수를!"

짝짝짝짝짝!

"우와아아아아!"

연백호의 말에 우레와 같은 함성이 터져 나왔다.

아직 정부와의 전쟁이 완전히 끝난 건 아니다.
정부 측 잔당들을 깔끔하게 척결해야 한다.
하지만 그건 일도 아니다.
정부에 심어놓은 우리 쪽 첩자가 이미 일을 진행하고 있을 테니까.
비로소 정부와의 전쟁이 종결을 향해 다가가고 있었다.

* * *

심현세, 정대영, 윤진화.
세 명의 장관은 정부와 레지스탕스의 싸움에 참전하지 않았다.
그들은 사령실에서 상황을 지켜보며 내부적 불안 요소를 다스리기로 했다.
세 장관들은 팔십 퍼센트 이상 진태랑이 이길 것이라 생각했다. 진태랑에겐 강탈이라는 능력이 있었다. 그들은 강탈을 맹신했다.
그 때문에 심현세는 불안했다.
그는 현재 레지스탕스 쪽으로 붙어버린 입장이다. 아진의 정화수 때문이다. 그것이 있어야 딸의 백혈병을 치료할 수 있다.
다른 방법이 있었다면 레지스탕스와 손을 잡는 일은 없었을 것이다.

하지만 정화수 외엔 별다른 치료법이 없다.

그리고 정화수의 제조법은 아진만이 알고 있다.

진태랑의 능력 강탈은 상대방의 육신만을 빼앗는다. 그의 기억은 영혼과 함께 사라져 버린다.

때문에 아진이 진태랑에게 몸을 빼앗길 경우, 정화수의 제조법은 영영 사라지고 마는 것이다.

이런 상황이다 보니 심현세는 아진이 이겨주기를 바랐다.

하나, 현실적으로 강탈의 능력을 가진 진태랑을 이기는 건 무리라고 생각했다.

기적이라도 일어나지 않는 이상은 말이다.

그런데 기적이 일어났다.

아진이 진태랑을 이겼다. 그리고 모든 정부 측 비욘더들을 몰살시켰다.

레지스탕스 측의 피해는 데스페라도 10인의 사망으로 끝이 났다.

말도 안 되는 결과였다.

그걸 아진이 해냈다.

상황이 이렇게 되자 정대영과 윤진화는 당장 숨을 궁리를 하느라 바빴다.

황제가 죽어버린 데다 비욘더들까지 잃었다.

이제 정부에 남아 있는 능력자라고는 세 명의 장관이 전부였다.

데스페라도가 쳐들어오면 이길 방도가 없었다.

“이거 큰일 났네.”

사령실에서 커다란 모니터로 전장을 지켜보던 정대영이 혼이 나간 듯 중얼댔다.

윤진화는 두 손으로 머리를 쥐어뜯었다.

“이런 시나리오는 없었잖아!”

“강탈이 통하지 않을 줄이야.”

“저 녀석들 당장 여기로 쳐들어올 거야. 숨어야 돼!”

윤진화와 정대영은 누가 먼저랄 것도 없이 사령실을 벗어나려 했다.

그런 그들의 앞을 심현세가 막아섰다.

“뭐 하는 거야? 비켜!”

“여기다 묘비 박고 싶어?”

두 사람이 당장 목에 핏대를 세우며 소리쳤다.

하지만 심현세는 비키기는커녕 양팔을 쫙 벌리고 섰다.

그런 그의 태도에 윤진화는 차마 입에 담을 수 없는 욕을 내뱉었다.

반면 정대영은 수상한 낌새를 채고 사납게 물었다.

“씹새끼, 언제부터야?”

그에 쉼 없이 욕을 쏘아내던 윤진화가 입을 탁 닫았다.

“뭐야? 뭐가 언제부터냐는……?”

의아해서 묻던 윤진화의 눈동자에 일순 불똥이 튀었다.

그녀가 피가 나도록 입술을 깨물었다. 거의 동시에 오른손이 튀어나갔다. 번개처럼 출수된 손바닥이 심현세의 뺨을 후리려 했다. 하지만 바람의 막이 나타나 그것을 막았다.

카가각!

"큭!"

윤진화가 바람에 튕겨 나간 손을 주무르며 심현세를 노려봤다.

"정대영이 하는 말 진짜야? 너, 정말 레지스탕스에 붙은 거야?"

윤진화의 목소리에 살기가 진득이 묻어났다. 심현세는 그걸 느끼면서도 유들거리며 그녀를 약 올렸다.

"우리 윤 장관은 그 성깔 고치지 않으면 평생 시집 못 간다. 얼굴만 믿고 까불던 시대는 지났어."

"뭐, 이 새끼야!"

"고상한 척은 혼자 다 하면서 성질 건드리면 당장 입에 걸레를 물지. 평소처럼 존댓말 좀 써. 내 귀가 그쪽 더러운 말 담기에는 너무 연약해서."

"너어!"

윤진화가 다시 손찌검을 하려 들었다.

그런 그녀를 정대영이 막았다.

"그만!"

윤진화는 내미려던 손을 멈추고서 파르르 떨었다.

"심현세. 너도 그만 까불어."

"까부는 게 어느 쪽일까? 최후에 살아남는 게 누구일까?"

"변절자 새끼."

"변절자? 지금 그게 정치하는 사람 주둥이에서 나올 말이야? 정치가 뭐야? 어제의 적이 오늘의 동지가 되는 게 정치판이야. 정대영이! 너도 그렇고 나도 그렇고 이 자리까지 올라오려고 숱한 동료들을 등졌잖냐고! 아니, 등지기만 했으면 다행이게? 벼랑 끝에서 등을 밀어버린 이들도 제법이었지."

"그래도 우리 셋은 변해서는 안 되는 거지!"

"정치판에서 살아남으려면 가장 중요한 게 뭐야? 혜안이야, 혜안! 앞으로 내다보는 눈이 있어야 한다고. 나는 내 혜안을 믿었고, 현명하게 행동했을 뿐이야."

혜안 같은 게 아니었다.

심현세는 아진의 협박에 울며 겨자 먹는 심정으로 그들의 편에 선 것뿐이다.

등 떠밀려 가게 된 곳이 돌아보니 안전지대였다.

심현세는 오히려 자신을 옭아맨 아진에게 고마울 지경이었다.

이제 자신은 살아날 구멍이 생겼다.

하지만 나머지 두 장관은 입장이 달랐다.

"똥줄이 타지?"

심현세의 도발에 정대영과 윤진화의 얼굴이 일그러졌다.

'잘 놀아나는구나.'

바로 어제.

심현세는 연백호가 정부 안에 심어둔 첩자에게 정화수를 넘겨받았다.

아울러 첩자는 심현세에게 연백호의 명령을 하달했다.

"내일, 전쟁이 벌어지고 난 후 레지스탕스가 승기를 잡는다면 정대영과 윤진화의 발을 묶어라."

즉 그들이 어디로 숨지 못하도록 하라는 것이다.

사실 심현세는 오늘 전쟁의 결과를 두 눈으로 확인하기 전까지도 이런 상황이 되리라곤 생각지 못했다.

한데 레지스탕스가 이겼다.

그렇다면 심현세가 해야 할 일은 명확했다.

연백호의 명령을 충실히 수행하는 것!

'만약 이번 일이 잘 풀리면 연백호가 날 도와줄지도 모른다.'

연백호의 말 한마디면 심현세는 얼마든지 살아남을 수 있다. 국민들에게 욕을 먹지 않아도 된다. 그가 심현세를 오래전부터 정부 안에 심어둔 레지스탕스의 첩자로 꾸며준다면 말이다.

오히려 심현세는 국가적 영웅이 될 수도 있었다.

그러기 위해서도 더더욱 두 장관을 잡아놓아야 했다. 심현세가 확실히 레지스탕스 쪽에 마음을 돌렸다는 걸 보여줘야 한다.

"심현세. 너 그러다 죽어."

정대영이 스산한 음성을 흘렸다.

윤진화는 말없이 주먹을 움켜쥐었다.

두 사람을 번갈아 본 심현세가 콧방귀를 뀌었다.

"내가 죽는다고? 그대들이 협공을 해도 날 어쩌지 못할 텐데? 우리 사이엔 명확한 실력의 차이가 존재한다는 걸 잊었나?"

심현세는 허세를 부리는 게 아니었다. 그의 말은 사실이다. 세 장관 중에서 가장 강한 이는 심현세였다.

윤진화는 피지컬 비욘더, 정대영은 매지컬 비욘더로 둘 다 5클래스다. 하지만 심현세는 6클래스 비욘더다. 5클래스 비욘더 열이 덤벼도 6클래스 비욘더 하나를 상대하기가 힘들다.

"이얍!"

심현세가 두 팔을 거칠게 휘둘렀다.

그러자 미친 듯한 광풍이 일었다. 그것은 정대영과 윤진화의 몸을 구석구석 두들겨 댔다.

"꺄아악!"

"으윽!"

격렬한 바람을 이기지 못한 두 장관이 바닥에 벌렁 드러누웠다.

심현세가 다시 한 번 손을 휘두르자 사령실에 있던 거대한 철제 책장이 날아들어 두 사람의 몸을 짓눌렀다.

그때 정대영이 고통을 무시하고 마법의 시전어를 외치려 했다.

"안 되지!"

심현세가 손가락을 까딱였다. 쓰레기통에서 솟구친 휴지 조각이 날아와 정대영의 입을 틀어막았다.

"이익!"

윤진화가 책장을 들려 했다.

일반인은 한번 깔리면 감히 들 엄두도 못 낼 만큼 무거운 책장이다.

그러나 피지컬 비욘더인 윤진화에게 이 정도는 아무것도 아니었다.

물론 그걸 가만 두고 볼 심현세가 아니었다.

그가 바람의 칼날을 날려 윤진화의 양어깨 근육과 인대를 끊었다.

피핏!

"아악!"

바람의 칼날은 사라지지 않고 밑으로 내려가 아킬레스건까지 끊어놓았다.

"꺄아아악!"

윤진화가 눈물을 펑펑 쏟으며 비명을 질러댔다.

사지를 사용할 수 없게 된 윤진화는 더 이상 힘을 쓰기가 힘들었다.

심현세는 두 장관의 능력을 순식간에 무용지물로 만들었다.

이제 남은 건 레지스탕스의 사람들이 도착하기만을 기다리는 것이다.

그가 책상 위에 엉덩이를 깔고 앉았다.

"크헉!"

"끄흐윽!"

정대영과 윤진화가 숨넘어가는 소리를 냈다. 그러거나 말거나 심현세는 담배 한 개비를 꺼내 입에 물었다.

치익!

라이터로 불을 붙이고 깊이 빨아들였다.

"후우우~"

입 밖으로 뿜어지는 하얀 연기가 유난히 통쾌했다. 그가 자신의 밑에 깔린 두 의원을 바라보며 씩 웃었다.

"난 살았어, 이 새끼들아."

*　　　*　　　*

정부의 사령실이 있는 건물로 돌입한 건 아진과 신재림을 비롯한 데스페라도 백 명으로 이루어진 돌격대였다.

돌격대의 대장은 아진이었다.

데스페라도들은 아진의 명령에 따라 세 장관의 밑에서 수족처럼 움직이던 자들을 모두 잡아들였다.

잡고 나서 보니 대부분이 비리의 중심에 있던 부패 정치인들이었다.

아진은 홀로 유유히 사령실로 향했다.

문을 열고 들어가니 조금 지친 얼굴의 심현세가 인사를 건넸다.

"여~ 늦었네."

아진은 그가 앉아 있는 책장 밑에 깔린 정대영과 윤진화를 보고서 실소했다.

"제대로 잡아놨네?"

"누구 명인데 잘 따라야지."

"왜 이렇게 저자세야?"

"시국이 변했잖아. 내가 무슨 힘이 있겠어. 살아남으려면 말 잘 듣는 개가 돼야지. 네가 죽으라면 죽는 시늉도 할 거야."

"늦게라도 정신 차려서 다행이네."

"이 두 연놈들은 당연히 잡아갈 테고… 일단 나도 같이 잡혀가야 하나?"

"원래는 그게 맞는 그림이겠지."

아진의 말에 여지를 느낀 심현세가 기대하는 눈빛을 보냈다.

"뭔가 다른… 방법이라도?"

"연백호 대장이 심 장관의 공로를 높이 사서 욕을 안 먹을 수 있게 배려해 주겠다더군."

"어떻게?"

"답은 이미 알고 있지 않아? 그 영악한 머리는 그럴 때 제일 잘 돌아갈 텐데."

심현세는 아진의 막말에도 싱글벙글 웃었다.

모가지가 날아갈 뻔하다가 살아났는데, 얼굴에 똥칠을 한다 해도 기쁘게 받아들였을 것이다.

"표정 보니까 다 알고 있는 거 맞네."

"영웅까지는 아니더라도 착한 놈이라는 이미지 정도는 만들어주겠지?"

"원래는 다른 장관들과 마찬가지로 나쁜 놈이었는데, 몇 년 전부터 맘 바꿔먹고 레지스탕스와 손을 잡았다. 이후로 레지스탕스에 정부의 자료들을 건네주면서 정의를 위해 일했다. 이 정도면 되겠지?"

"아주 좋아. 더할 나위 없이 좋아."

짝짝짝!

심현세는 진심에서 우러나와 박수를 쳤다.

아진은 픽 웃고서 심현세의 아래 깔려 있는 나머지 두 장관을 살폈다.

두 사람 다 기절해서 상황이 어찌 돌아가는지 전혀 모르고 있었다.

아마 눈을 뜨면 감옥에 들어가 있을 터였다.

"소환, 톤톤 군단."

아진의 부름에 톤톤 군단이 나타났다.

톤톤 군단을 이끄는 톤톤 퀸 꼬맹이를 필두로 20마리의 톤톤들이 아진에게 안겨들어 마구 얼굴을 비벼댔다.

"그래그래, 애정 표현은 이따 잔뜩 하게 해줄 테니까 일단은 저기 기절한 인간들부터 포박해서 옮기자."

"토톳!"

"톳!"

톤톤들이 철제 책상을 들추더니 정대영과 윤진화를 빼냈다. 그러고서는 한 사람당 열 마리가 달라붙어 팔, 다리, 머리, 가슴, 배 등등을 맡아서 들었다.

그 덕분에 정대영과 윤진화는 마치 콘서트에서 관객 위로 점프를 하는 가수의 모습과 흡사한 꼴이 되었다.

"황제는 죽었고, 세 명의 왕 중 둘은 잡혀가고. 나머지 한 명은 착한 인간이었다. 그것으로 끝일까?"

아진이 심현세에게 넌지시 물었다.

그가 무슨 대답을 원하는지 심현세는 이미 알고 있었다.

"아니지. 썩어버린 뿌리까지 도려내야지."

"너희들이 나라 정세를 주름잡던 시절, 적극적으로 협력했던 쓰레기 같은 정치인들이 누구누구인지 소상히 털어놔야 할 거야."

"정의의 사도 딱지 달고 살려면 그 정도야 당연하지."

"앞으로 잘해보자고. 당신 딸의 건강을 위해서."

아진이 말갛게 웃었다.

심현세에게는 그것이 악마의 미소처럼 다가왔다.

"벌써부터 신이 나네."

마음에도 없는 소리를 내뱉는 심현세였다.

그렇게 대한민국의 명운이 걸린 거대한 전쟁은 레지스탕스의 승리로 끝났다.

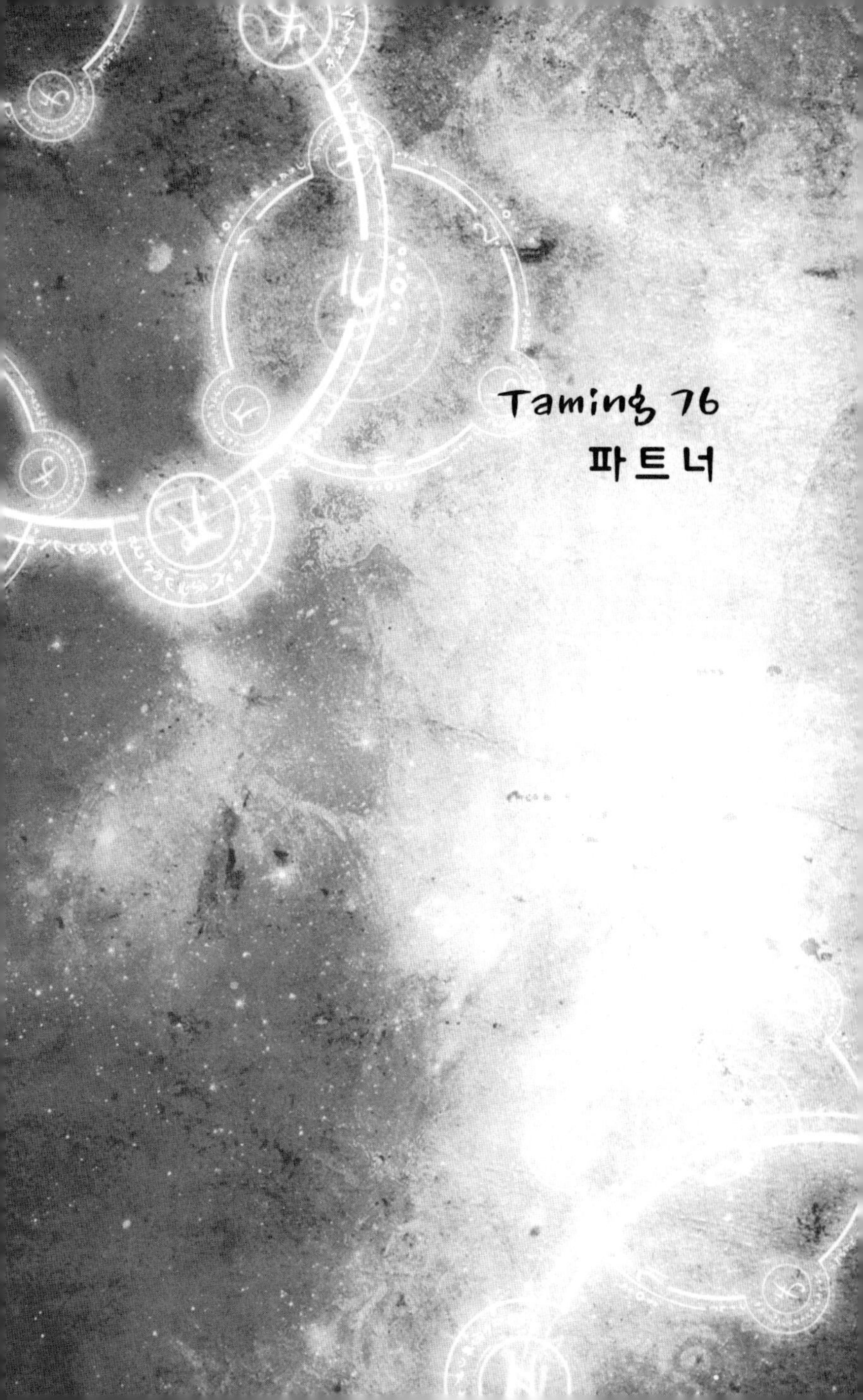

Taming 76
파트너

구리에는 한국 몬스터 연구 센터가 있다.

몬스터를 연구하는 학자들이 모여 있는 곳이다.

자이렉스도 거기서 지구인인 척 다른 학자들과 함께하고 있었다.

그의 신분은 타국에서 넘어왔다가 절대적 불가침조약이 선포되는 바람에 계속 한국에 남아 있어야 하는 외국인 신분으로 세탁되었다.

다른 세상에서 넘어온 사람이라고는 누구도 상상치 못했다.

자이렉스는 제1실험실에서 심드렁한 얼굴로 뉴스 생중계를 보고 있었다.

"이곳은 조금 전까지 정부 소속 비욘더들과 레지스탕스 소속 미러클 테이머 외 10인의 데스페라도가 혈전을 벌였던 장소입니다. 보시다시피 넓은 공터는 형태를 알아볼 수 없을 만큼 엉망이 되었습니다."

카메라 앵글을 통해 전해지는 전장은 폐허나 다름없었다.

자이렉스는 한 손으로 얼굴을 괴고, 다른 손 검지로는 책상을 딱딱 두들겼다.

"결국 미러클 테이머가 이겼군. 그것도 피해는 전무하다시피 할 정도."

딱딱.

자이렉스가 바랐던 것은 양패구상이었다.

둘 다 치열한 접전을 벌인 끝에 초주검이 되는 것이다.

어느 쪽이 이기든 지든 그것은 중요치 않았다.

한데 아진이 너무나 쉽게 정부를 제압했다.

결국 한국 땅에 살아남은 이능력자의 수는 714명이 되었다.

"그러나… 상관없겠지."

자이렉스는 조금 더 쉬운 길을 걷기를 원했다.

그가 예상했던 쾌적한 오솔길에 밤송이가 몇 개 떨어졌다. 하지만 밤송이들은 발에 걸리는 대로 걷어차 버리면 그만이다.

714명의 데스페라도들은 그에게 있어서 그 밤송이만 한 가치밖에 없었다.

"전쟁을 준비해야겠군."

무미건조하던 자이렉스의 눈동자에 빛이 번쩍였다.

그때 누군가가 문을 열고 실험실 안으로 들어왔다. 조 박사였다. 그는 잠이 덜 깬 눈을 비비며 늘어져라 하품을 했다.

"흐아아암~ 벌써 일어났나, 자이렉스 박사?"

"아니요."

"응? 그럼 또 밤을 새운 건가?"

"네."

"벌써 사흘째 아닌가? 그러다가 갑자기 골로 가는 수가 생긴다네."

"누가 말입니까? 설마 제가요?"

자이렉스가 눈을 크게 뜨고 웃었다.

한 번도 본 적 없는 자이렉스의 반응에 조 박사는 알 수 없는 공포를 느꼈다.

그가 자이렉스에게 다가오다 말고 멈칫했다.

눈앞에 있는 자이렉스는 마치 지금껏 자신이 알고 있던 그와는 전혀 다른 사람인 것 같았다.

"자네, 괜찮은가?"

"괜찮습니다. 그나저나 제 걱정보다는 박사님 걱정부터 해야 할 것 같은데요."

"나는 괜찮네."

"이제 안 괜찮아질 테니까요."

자이렉스가 말미에 손을 휙 털었다.

그러자 소매 춤에서 튀어나온 무언가가 조 박사의 얼굴을 확 덮쳤다.

"으읍!"

조 박사는 자신의 얼굴에 달라붙은 끈적거리는 무언가를 떼어내려 했다. 하지만 떼내려 할수록 더 강하게 달라붙었다. 그러고는 촉수 같은 것이 튀어나와 조 박사의 코와 입으로 들어갔다.

"우우웁!"

조 박사가 경련을 일으켰다.

그런 조 박사를 보며 자이렉스가 키득거렸다.

"내가 만들어낸 키메라 에일리언이에요. 지구에 있는 고전 영화 속에서 힌트를 얻었지."

실제로 조 박사의 얼굴을 뒤덮고 있는 거미 모양의 몬스터는 그의 몸속에 촉수를 박아 알을 낳고 있었다.

알을 낳은 몬스터의 몸은 곧 마른 장작처럼 퍼석해져 가루가 되어 사라졌다.

조 박사의 배 속에 들어간 알은 위액을 만나자마자 부화했다.

"으으으!"

조 박사는 배 속에서 무언가 꿈틀거리자 신음을 흘리며 괴로워했다.

"고통은 곧 끝날 겁니다."

자이렉스의 말이 끝나기가 무섭게 조 박사의 뱃가죽을 날카로운 발톱이 뚫고 나왔다.

푸욱!

"끄어어어!"

이어 열 개의 발톱이 조 박사의 배를 난도질했다.

걸레가 된 배 속에서 수십 조각 난 내장과 피, 오물들이 쏟아졌다.

그 안에 섞여 막 탄생한 몬스터는 흡사 톤톤을 닮았지만, 그보다 더 흉악하고 포악한 인상에 손톱이 비정상적으로 길었다.

녀석의 이름은 톤카르.

자이렉스가 톤톤과 카르카르의 유전인자를 조합해서 만들어낸 키메라였다.

톤톤이나 카르카르나 둘 다 저레벨 몬스터다.

하지만 둘의 장점만을 조합해서 키메라를 만드니 3레벨 몬스터와 비슷한 수준이 되었다.

뜬 눈으로 죽은 시체가 된 조 박사를 자이렉스가 무심하게 밟고 지나갔다.

그때였다.

타타타타탁!

제1실험실을 통해 달려오는 다급한 발소리가 여럿 들렸다.

각 실험실에는 CCTV가 설치되어 있다.

그것을 통해 실험실 상황을 지켜보던 보안 요원들이 출동한 것이다.

"이게 무슨 일입니까? 자이렉스 박사님!"

제2보안팀장 안민석이 총구를 그에게 들이대고 소리쳤다.

자이렉스는 묘한 미소를 지으며 대답했다.

"보이는 대로."

그의 말이 끝나는 순간 뒤에서 검은 먹구름 같은 것들이 확 하고 일었다.

그 속에서 몬스터들이 튀어나와 보안팀을 덮쳤다.

"크르르르!"

"카라라라락!"

"으아악!"

"끄아악!"

보안팀들이 손 한번 제대로 쓰지 못하고서 속수무책으로 당했다.

타타타타타탕!

그 와중에 누군가가 연발로 총을 긁었다.

제멋대로 쏘아져 나간 총알들은 몬스터를 죽이기는커녕, 동료들의 몸을 관통했다.

"아악!"

"끄으으……."

찰나지간 출동한 보안팀이 모두 시체가 되어 바닥을 뒹굴었다.

이를 본 연구소 내의 모든 보안팀이 일제히 사태를 진압하기 위해 투입되었다.

하지만 몬스터는 계속해서 나타났다.

지금의 보안팀들로는 도저히 제압할 수 없는 수준이었다.

보안팀들도 결국 화기류에 의존하는 인간이다.

비욘더가 아닌 이상에야 몬스터를 상대하기는 벅찼다.

결국 채 한 시간이 흐르기도 전에 연구실 내에 모든 인간들이 죽어나갔다.

살아남은 사람은 자이렉스가 유일했다.

그가 유유히 연구소를 빠져나왔다.

그의 뒤를 따라 계속해서 불어나는 몬스터들이 무리를 지어 따라왔다.

1레벨 몬스터 링링부터 7레벨 최강의 몬스터 마리안 싱까지, 그 종류만 해도 수백이 넘었고 그 수는 수천 이상이었다.

"가자, 아이들아. 새로운 왕국을 만들어보자꾸나."

기분 좋게 말하는 자이렉스의 옆에서 검은 형태의 무언가가 쑥 하고 올라왔다.

그것은 곧 2미터의 덩치를 자랑하는 검은 가죽의 이족 보행 몬스터 키르케 엘이 되었다.

자이렉스는 키르케 엘에게 시선도 주지 않고 말했다.

"그동안 잘 놀았냐, 류시해."

"많이 성장했지요."

한국어를 유창하게 하는 지성이 있는 몬스터.

그는 바로 키르케 엘로 몬스터화한 류시해였다.

류시해는 아진과 마지막 대치를 한 이후 자이렉스가 열어주는 필드를 돌아다니며 온갖 몬스터들의 핵을 먹어치웠다.

그 결과 7성까지 성장할 수 있었다. 단기간에 궁극 성장을 한 것이다.

"이제 이 땅을 손에 넣을 때다."

"저는 언제고 새 하늘이 열리기를 기다리고 있었죠."

류시해가 키들거리며 웃었다.

그의 웃음은 광기 그 자체였다.

"하음~ 이제 아진이 잡으러 가는 거예요, 그대?"

"굳이 갈 필요가 있을까? 적당히 소란 떨어주면 알아서 올 텐데."

"그건 그렇죠?"

"네가 잡아보겠느냐?"

"그러고 싶은데 싸우다가 위험하다 싶으면 저는 언제고 내뺄 거랍니다~ 후훗."

자이렉스가 피식 웃었다.

말은 저렇게 하지만 그는 자이렉스의 명을 따를 수밖에 없다.

알약을 먹고 몬스터화하는 순간 이미 그렇게 되어버린다.

자이렉스는 자신에게 복종하는 몬스터가 필요했다. 류시해도 그렇게 만들어진 숱한 몬스터들과 다를 바가 없었다.

유난스럽게도 자아가 좀 강하지만, 결국엔 자신의 명을 따르니 크게 신경 쓰지 않았다.

"우선은 이 일대부터 전부 뒤집어엎어라."

자이렉스의 명령에 몬스터들이 미쳐 날뛰기 시작했다.

그 안에는 류시해도 섞여 있었다.

연구소에서 몇 킬로미터 떨어진 곳에는 작은 민가가 존재한다.

모여 사는 가구도 얼마 없고 인구수도 서른이 넘지 않는다.

조금 전까지만 해도 고요하기만 하던 작은 마을에 갑자기 몬스터들이 들이닥쳤다.

콰아아앙!

몬스터들은 저택을 닥치는 대로 부수고 사람을 잡아먹었다.

"아아아악!"

"꺄악!"

여기저기서 사람의 비명 소리가 울려 퍼졌다.

하지만 도와주는 이는 아무도 없었다.

데스페라도는 전부 부패 정부의 잔당들을 잡아들이느라 바빴다.

몬스터 무리 속에 섞인 류시해가 신이 나서 사람의 목을 꺾었다. 그러면서도 계속해서 자신의 상태를 관조했다.

'자이렉스 님이 명령을 내려~ 그러면 이 몸은 그 명령을 절대적으로 따르지. 내 자아가 거부하려 해도 그 이상의 크고 거대한 기운이 날 짓누른단 말이야~ 아직까지 한 번도 거부할 수 없었어, 하음~'

자이렉스로 인해 힘을 얻은 건 류시해도 바라던 바다.

그와 함께 새 시대를 여는 것 또한 바라 마지않는다.

하지만 그를 위해서 목숨을 바치는 건 원치 않았다.

만약 자이렉스가 미러클 테이머를 잡는다면 그를 왕으로 섬기며 주지육림을 노려볼 만하다.

그러나 자이렉스가 진다면 류시해는 다른 하늘을 택하고 싶었다.

사실 얼마 전까지는 이런 생각을 하지 않았다.

자이렉스의 절대적인 힘을 경험한 그는 그가 이 세상을 통치하게 될 것이라 믿었다.

그런데 갈수록 그의 예민한 육감이 불안을 야기했다.

그 불안의 중심에는 아진이 있었다.

'너무 컸단 말이야~ 우리 자기.'

류시해는 아진이 성장하는 걸 그냥 두고 봤다.

그는 항상 화제의 중심에 있었다. 그리고 자신의 이익을 따라 움직이면서도 은근히 정의로웠다. 그렇다면 가려진 진실을 보여줬을 때 분명히 불의에 맞서 싸울 것이라 생각했다.

때문에 힘을 키우도록 놔두었다.

아진은 레지스탕스 쪽에 설 텐데, 당시로서는 정부의 힘이 너무 강했기에 거기에 맞설 대항마가 필요했기 때문이다.

그런데 생각했던 것보다 그가 훨씬 많이 커버리고 말았다.

성장하는 아진을 보고 있노라면 마음속 한켠에 희미한 불안감이 일렁였다.

'그래도 설마 지기야 하겠어?'

류시해가 본 자이렉스는 무적이다.

자이렉스는 인간 본신의 힘도 힘이지만 수천의 몬스터 군단을 거느리고 있으니 감히 대적할 자가 없었다.

'아무튼 난 할 도리 다했으니까~ 하음.'

그는 자이렉스의 명을 받아 지금의 판을 만들기 위해 처음부터 끝까지 설계했다.

물론 아진이 너무 강해졌다는 오차가 있었고, 그로 인해 상대해야 하는 이능력자들의 수가 예상했던 것보다 많아졌다는 번거로움이 있었으나 이 정도면 나쁘지 않았다.

게다가 그의 설계대로 상황이 흘러가도록 물심양면 도와준 파트너도 상당히 마음에 들었다. 그래서 일을 하는 게 더 즐거웠다.

그와는 류시해는 자이렉스의 마법으로 언제든 텔레파시를 전할 수 있었다.

지금도 류시해는 도망치는 여인의 등가죽을 이빨로 물어뜯어내며 그에게 텔레파시를 보냈다.

[그동안 수고 많았어. 지금 우리 연구소 주변 민가에서 난동 부리는 중이니까 여기 상황 아진에게 전해서 여기로 출동하도록 도와줘, 자기~]

*　　　*　　　*

데스페라도의 눈을 피해서 숨어들 수 있는 일반인은 없었다.

세 장관들과 붙어먹었던 정치인들은 전쟁이 끝난 지 몇 시간 안에 전부 잡혔다.

그들은 모두 레지스탕스의 임시 기지로 보내졌다.

연백호는 곧 새로운 정부를 세울 것을 공표하고 여태껏 장관들의 허수아비 노릇만 했던 대통령의 탄핵에 대해서도 목소리를 높였다.

이미 민심은 레지스탕스 쪽으로 굳어버린 터라 국민들은 그런 연백호를 지지했다.

하루 동안 여러 가지 사건이 정신없이 빠르게 흘러가고 있었다.

조금 전까지는 전쟁터에 있다가 그다음엔 국회로 쳐들어갔다가, 지금은 레지스탕스의 임시 기지로 다시 자리를 옮긴 아진은 의자에 앉아 멍하니 쉬고 있었다.

임시 기지라는 것은 별게 없었다. 그냥 서울시에서 관리하는 넓은 체육관 하나를 빌린 것뿐이다.

체육관 안에는 굴비 엮이듯 엮여 들어온 정치인들과 그들을 관리하는 비욘더들로 북적였다.

아진은 그런 일에는 관여하지 않았다.

'잠이나 잘까.'

그렇게 생각하며 의자를 길게 이어붙이고 있는데, 피곤한 소식이 귓전을 두들겼다.

"아진아, 방금 보고 들어왔는데 구리시에서 몬스터 수천 마리가 나타났다네."

"뭐?"

아진이 눈을 크게 뜨고 말을 전한 이를 바라봤다.

"나도 못 믿겠는데 사실이다. 신고 전화 들어왔고 사진도 전달받았다."

그렇게 말하는 신재림은 피곤한 얼굴로 관자놀이를 꾹꾹 눌렀다.

Taming 77
배신의 덫

레지스탕스의 데스페라도들은 전원 구리로 향했다.

아진은 한시가 급하니 자신을 비롯한 몇몇 데스페라도를 선발대로 보내달라 요청했다.

김만우의 텔레포트 능력으로 수십 명 정도는 한 번에 이동이 가능했다.

하지만 그럴 경우 힘이 모두 소진되어서 하루 동안 능력을 발휘할 수가 없다.

때문에 선발대는 다른 아군이 도착하기 전까지 힘든 싸움을 이어나가야 한다.

그것은 너무 위험했다.

급히 드론 카메라를 보내 촬영한 영상 속에는 수천 마리의 몬스터가 휘젓고 다니는 광경이 찍혔다.

해서, 연백호는 아진의 청을 거절했다.

사람들이 죽어나가고 있는 긴급한 상황인 건 그도 알고 있다.

하지만 저 수라장 속에 아진을 선발대로 보냈다가 그가 잘못되기라도 한다면 인류의 희망이 지고 마는 꼴이다.

아진의 강함은 독보적이다.

그는 지금껏 한 번도 나타나지 않았던 전무후무한 자타공인 최강의 이능력자였다.

저 수천의 몬스터 군단과 결전을 펼치기 위해서는 그의 힘이 무엇보다도 필요했다.

아진과 인류를 걱정하는 연백호의 마음을 아진은 익히 알고 있었다.

그래서 아진은 더 고집부리지 않고 연백호의 말을 따르려다가 문득 기막힌 생각이 떠올랐다.

아진에게는 사람 1,000명 정도는 너끈히 수용할 수 있는 공간이 있었다.

바로 아공간이다.

그 안에 데스페라도들을 넣은 뒤, 김만우의 텔레포트 능력으로 아진만 구리로 옮겨 버리면 상황 끝이다.

아진의 아이디어에 연백호는 무릎을 탁 치며 소리쳤다.

"묘안이군! 당장 그렇게 하도록 하지."

"시작하겠습니다."

아진은 아공간을 열어 모든 데스페라도들을 들어가게 했다.

물론 텔레포트를 구동해야 하는 김만우는 제외되었다.

아공간에 들어온 사람들은 상상했던 것보다 넓은 공간에 한 번 놀랐다.

그다음엔 그 안에 가득 찬 몬스터들을 보며 두 번 놀랐다.

마지막으로 아공간에 지어진 으리으리한 저택을 보고 세 번 놀랐다.

"이게 다 뭐야?"

"아니, 어떻게 이런 공간을 만들어놓은 거야?"

"말로만 듣던 아공간에 직접 들어올 줄이야……."

"어머나! 몬스터들 봐! 너무 귀여워~!"

"저게 귀여워? 난 무서워 죽겠구만."

"테이밍당해서 순둥이 됐는데 뭐가 무서워? 하여튼 겁쟁이."

"그나저나 저 저택은 또 뭐래?"

"저 정도면 저택이 아니라 성이지, 성."

"정원 가꿔놓은 거 봐! 대박! 수영장도 있어!"

데스페라도들은 아공간을 구경하느라 혼이 쏙 빠졌다.

아공간은 아진의 클래스가 높아지면서 면적이 넓어졌다.

이후 저택의 공사도 꾸준히 해왔고 처음에 계획대로 완성했다.

말이 아공간이지 몬스터들에겐 포근한 휴식처나 다름없는 곳이었다.

아공간에 마지막으로 들어선 이는 신재림과 이환이었다.

그들 역시 아공간을 보며 다른 데스페라도와 비슷한 반응을 보였다.

"햐아… 진짜 네 애인은 양파 같은 인간이라니까."

신재림이 감탄하며 이환의 옆구리를 쿡 찔렀다.

"여러 가지 매력이 있긴 한 것 같아요."

이환이 빙그레 웃었다.

그 미소가 참 예쁘다고 신재림은 생각했다.

그가 이환을 가만히 바라보다가 물었다.

"그런데 말야, 이환."

"네?"

"아진을 어디까지 믿어?"

이환이 고개를 갸웃거렸다.

"질문의 의도를 잘 모르겠습니다만……."

"아진이 어떤 사람인지 다 알고 있다고 생각해?"

그 말에 이환은 잠시 고민하다가 고개를 저었다.

"아니요, 아진 씨는 여전히 비밀투성이인 사람이에요. 얼마 전까지만 해도 저는 아진 씨가 레지스탕스 소속이었다는 걸 모르고 있었잖아요."

"그랬지."

"물론 그건… 한국의 미래가 달려 있었던 만큼 어쩔 수 없이 함구해야 했다는 건 알아요. 거기에 대해서는 이제 불만이 없어요. 하지만… 여전히 아진 씨는 비밀이 많은 것 같아요."

"그 비밀이 뭔지 궁금하지 않아?"

"궁금해요."

"그럼 물어봐."

이환이 고개를 내저었다.

"말 못 하는 이유가 있을 거예요. 말할 수 있는 상황이 온다면 분명히 알려줄 거라고 믿어요."

"남자친구에 대한 믿음이 상당하네?"

"갈수록 더 커지는 것 같아요. 아진 씨는 제가 가늠할 수 없을 만큼 그릇이 큰 사람이에요."

"그렇구나."

"근데 그런 건 갑자기 왜 물어보셨어요?"

"아니, 그냥 궁금해서. 내가 보기에도 아진이는 여러 가지 비밀을 감추고 있는 것 같거든. 그럼 하나 더 물을게. 아진이가 이번 전쟁도 무사히 종결시킬 수 있을까?"

"그런 건… 알 수 없죠. 그저 무사히 승리로 이끌어줄 거라고 믿을 뿐이에요."

"만약에 아진이 진다면? 그런 생각은 안 해봤어?"

"그런 불길한 생각이 저한테 어떤 도움이 될까요?"

담담하게 대답하던 이환의 목소리에 살짝 날이 섰다. 신재림이 피식 웃으며 손을 내저었다.

"걱정돼서 그러는 거야. 세상일이라는 게 항상 좋은 쪽으로만 흘러가란 법은 없으니까. 어느 정도 마음의 준비는 늘 하고 있는 게 좋아."

이환이 불쾌한 기색을 지우고 바로 수긍했다.

"그런 뜻이 있는 줄 몰랐네요. 죄송합니다."

"아니야. 이런 말 듣고 기분 좋을 사람이 어디 있겠어. 그게 정상적인 반응이지. 욕먹을 걸 각오하고서 던진 말이야. 반대로 내가 미안하지. 이해해 줘."

"네, 이해합니다."

그 대화를 끝으로 둘 사이에 오가는 말이 없었다.

이환은 정원 한켠의 바위에 앉아 휴식을 취했고, 신재림은 다른 데스페라도와 이야기를 나누며 그들의 긴장을 풀어줬다.

적어도 겉으로는 말이다.

하나, 그의 머릿속에서는 끊임없이 류시해의 음성이 들려오고 있었다.

[자기~ 지금 오고 있어?]

[아진의 아공간에 모든 데스페라도가 들어왔습니다. 텔레포트 능력을 가진 김만우의 힘으로 단숨에 구리까지 도착할 것

같아요.]

[아공간? 거기 어때?]

[나름대로 쾌적합니다.]

[끝도 없이 펼쳐진 공간인지, 제한된 공간인지 알 수 있겠어?]

[제한되어 있습니다.]

[아진이 입구를 다시 열기 전까지 아무도 밖으로 나가지 못하는 걸 테고~ 그렇지?]

[네, 그렇습니다.]

[그러면… 계획을 조금 바꾸는 게 좋겠어.]

[어떻게 하고 싶으십니까?]

[응~ 그 안에서 다 죽여.]

류시해는 본래 전장에서 짓밟히는 데스페라도들의 모습을 즐겁게 구경할 셈이었다.

그런데 그의 육감이 계속해서 불안을 야기했다.

그렇다면 조금이라도 승기를 잡는 쪽으로 일을 진행하는 게 좋을 터였다.

마침 모든 데스페라도들이 아진의 아공간으로 들어갔다고 한다.

신재림의 능력은 타임 워커.

사기적인 기량을 발휘하는 만큼 오래도록 유지하는 건 힘들었다.

그러나 한정된 공간 안에서 몇백 명 정도는 목을 딸 수 있을 것이다.

[최대한 죽여. 아공간이 열리기 전까지 네가 할 수 있는 만큼. 알겠지?]

잔뜩 신이 난 듯한 류시해의 음성에 신재림이 미소를 머금었다.

[명을 받들겠습니다.]

신재림과 대화를 나누던 데스페라도 용제호가 그를 의아하게 쳐다봤다.

"재림이 형. 어느 포인트에서 웃은 거예요?"

용제호는 평소 신재림을 형이라고 부르며 살갑게 따랐다.

그는 4클래스 피지컬 비욘더로 누구에게나 붙임성이 좋았다.

지금도 전투를 앞두고 신재림과 전장에서 어떻게 싸우면 좋을지에 대해 심각하게 대화를 주고받던 중이었다.

그런데 신재림이 너무 뜬금없이 웃었다.

그게 이상했던 용제호가 질문을 던졌다.

"아, 곧 즐거운 일이 벌어질 예정이라서."

"즐거운 일이라니요?"

류시해에게 데스페라도를 죽이란 명령을 하달받기 전까지 그의 임무는 최대한 내부적인 불안을 야기하는 것이었다.

때문에 가만히 있던 이환의 심기도 괜히 건드렸던 거고.

한데 그냥 죽이라고 했으니 그럴 필요가 없어졌다.

"형이 조금 전까지 골치 아픈 일을 해야 했는데, 이제는 그럴 필요가 없어졌거든. 훨씬 쉽고 재미있는 일을 할 수 있게 돼서 웃음이 막 나온다, 제호야."

"지금 무슨 말 하는 건지 하나도 모르겠어요. 알아듣게 설명 좀 해봐요."

"알아들을 필요가 있을까? 곧 죽을 텐데."

"네?"

용제호는 뒷골이 아찔해지는 기분에 주먹을 말아 쥐려 했다.

하지만 이미 늦었다.

신재림은 이미 시간을 빠르게 걷고 있었다.

그의 시야에 비친 모든 사람은 스톱 모션이 걸린 듯 멈춰 버렸다.

하나 자세히 보면 아주 미세하게 움직이고 있었다.

"미안하다, 제호야. 2년 전부터 난 이미 레지스탕스에서 마음이 떠나 있었어."

2년 전.

신재림은 그때 류시해를 만났다.

그리고 그가 말하는 새 시대라는 것에 매료되었다.

신재림은 본디 그렇게 정의로운 사람은 아니었다.

그럼에도 그가 정부를 등지고 레지스탕스에 들어온 건, 연백호라는 사람에게 반했기 때문이다.

그는 정의를 택하는 부류의 인간이 아니었다.

사람을 택하는, 즉 자기 마음에 드는 주군을 따라 움직이는 타입이었다.

2년 전까지 그가 모시던 주군은 연백호였다.

하지만 류시해를 만나고 나서 그를 따르기로 마음먹었다.

류시해가 하는 말들, 다른 차원에서 온 자이렉스라는 존재와 그가 만들려 하는 새로운 세상이라는 건 자칫 허무맹랑하게 들릴 수도 있는 말이었다.

때문에 듣는 이의 신의를 얻으려면 최대한 가벼움을 버리고 진중하게 얘기해야 하는 게 맞다.

그러나 류시해는 그러지 않았다.

마치 어제오늘 있었던 일을 얘기하는 듯 아무렇지 않게 자이렉스와 새 시대에 관한 것들을 늘어놓았다.

신재림은 바로 그런 면모에 마음이 흔들렸다.

그릇이 달랐다.

류시해는 남들이 보면 정신이 나간 인간처럼 보일지 모르겠으나 신재림이 보기엔 구름 위에서 노니는 신선과도 같았다.

결국 신재림은 류시해의 충복이 되었다.

그리고 지금, 충복으로서 해야 할 가장 중요한 임무를 행하려는 중이었다.

“아프지는 않게 보내줄게.”

서걱!

신재림이 허리에 차고 있던 롱 소드를 꺼내 휘둘렀다.

롱 소드는 용제호의 목을 완전히 자르고 지나갔다. 하지만 당장 피가 나거나 머리가 바닥에 떨어지는 일은 없었다.

다만 칼이 지나간 곳에 붉은색의 실금 같은 것이 천천히 생겨나고 있었다.

"다음은, 준호."

신재림이 옆에 있던 강준호의 목도 벴다.

서걱!

"그리고 아영이."

다른 데스페라도와 수다를 떨던 아영이의 가슴에 검을 찔러 넣었다.

푹!

신재림은 아영이의 가슴을 뚫고 들어가 등까지 삐져나왔던 검을 도로 뺐다.

한데 검에는 피 한 방울 묻어 있지 않았다.

현실에서 흐르는 시간을 기준으로 보면 현재 신재림은 광속에 가까운 속도로 움직이고 있었다.

그러니 피가 묻을 리 없었다.

"정수. 지영이. 강현이. 수호. 지민. 유환. 재성. 치선. 예화. 지우. 재민. 혜교. 종석. 아름. 승환. 태호. 태현."

서걱! 서걱! 푹! 푸욱!

신재림이 한 명 한 명 이름을 부르며 그들의 목을 베고 몸에 바람구멍을 냈다.

칼에 찔리는 이들은 자신이 무엇에 어떻게 당하는지도 인지하지 못하고 있는 상태였다.

한참 동안 광란의 살육을 일삼던 그의 시선이 저쪽 바위에 앉아 있는 이환에게 향했다.

"그리고 아진의 그녀… 이환."

신재림의 눈이 독사의 그것처럼 번들거렸다.

*　　　*　　　*

이환과 신재림이 들어가는 것을 마지막으로 아진은 아공간을 닫았다.

체육관에 있는 모든 데스페라도들이 아공간으로 들어가는 장면은 가히 장관이었다.

대체 그 공간이 얼마나 넓은 건지에 대해서 토론을 벌이는 요원들도 있을 정도였다.

"그 아공간이라는 거, 보면 볼수록 신기하군."

연백호도 혀를 내둘렀다.

"겉보기엔 그렇지만 막상 그 원리를 알면 별게 아니에요."

"중요한 포인트야. 아는 자와 모르는 자의 차이지. 나중에 데스페라도들에게 전수해 줄 수 있겠는가?"

"그 사람들 하는 거 봐서요."

아진은 자신의 것을 대가 없이 내주는 법이 없었다. 아니, 대가를 내준다 해도 어지간해서는 나누지 않았다.

그건 같은 둥지에 몸담고 있는 동료들이라고 해도 예외가 아니었다.

아진은 철저히 자신의 이익만을 위해 움직였다.

그 성정을 잘 아는 연백호는 실망하기보단 그저 피식 웃어 넘길 뿐이었다.

"알겠네. 더 지체할 시간이 없을 테니 주절주절 떠들지는 않겠네. 힘이 되어주지 못해 미안한 마음이 크네. 부디 꼭 이기고 돌아오길 바라겠어."

"이겨야죠. 그리운 얼굴을 다시 보려면."

아진의 앞에는 그의 아버지 루송찬이 서서 착잡한 얼굴로 입을 꾹 다물고 있었다.

세상에 자식이 전장으로 간다는데 마음 편한 부모는 없을 것이다. 루송찬도 마찬가지였다.

가슴이 미어지고 목에서는 뜨거운 것이 울컥거렸다.

무언가 하고 싶은 말이 많은데 어떤 말부터 해야 할지 알 수가 없었다.

아진은 그런 아버지의 심정을 충분히 이해했다.

그가 루송찬의 두 손을 꼭 잡아주었다.

"걱정 마세요. 저 여태까지 한 번도 잘못된 적 없었잖아요.

이번에도 무사히 살아서 돌아올게요."

아들의 약속에 루송찬의 목울대가 울렁거렸다.

몇 번이나 터져 나오려는 울음을 겨우 삼킨 루송찬이 아진의 어깨를 투박하게 두드렸다.

"그래. 꼭 그래야 한다, 아진아. 무사히 돌아와야 돼. 그럴 수 있지?"

"그럼요."

"이환 양도 반드시 지켜줘야 하고. 네 여자친구잖니. 남자는 자기 여자를 지킬 줄 알아야 남자인 거야. 이 아비는 네 엄마를 끝끝내 지키지 못해 한평생을 죄인 된 마음으로 살아가고 있단다."

루송찬은 아내를 세상 누구보다도 사랑했다.

하지만 그녀는 아진을 낳고 얼마 지나지 않아 몹쓸 병을 얻어 세상을 떠나고 말았다.

어쩔 수 없는 일이었다.

인간의 생로병사를 의학의 힘으로 조정하는 데는 한계가 있었다.

아내가 걸린 병은 의학으로 어찌할 수 없는 종류의 것이었다.

결국 루송찬은 아내를 잃고 말았다.

어떻게든 그녀를 살려보겠다고, 아니, 살아 있는 기간이라도 늘려보겠다고 그간 모아왔던 전 재산을 전부 병원비로 날렸다.

다니던 회사도 그만뒀다.

얼마 남지 않은 사랑하는 이의 곁에서 단 한시도 떨어져 있기 싫었다.

최후의 최후까지 루송찬은 아내를 지키려고 노력했다.

하지만 아내는 떠났다.

이후부터 루송찬은 크나큰 아픔을 가슴에 짊어지고 홀로 아진을 키웠다.

아내를 보내고 난 다음에는 아진에게 미안했다.

병원비로 탕진한 돈 때문에 가세가 심각하게 기울어, 좋은 걸 못 먹이고, 좋은 옷을 못 입혔기 때문이다.

그는 아내에게도 자식에게도 크나큰 죄인이 된 기분으로 한평생을 살아왔다.

그런데 지금 또, 아들이 사지로 나간다는데 잡아두지 못하고 있었다.

루송찬에게는 참으로 통탄스러운 일이었다.

"걱정 마세요, 아버지. 이환도 제가 지킬 겁니다."

"그래. 그래. 꼭 같이 무사히 돌아와야 돼. 그래서 이환이랑 애비랑 다 같이 맛있는 돈까스 먹으러 가자, 아진아."

아버지의 마지막 말에는 아진도 터지려는 울음을 참을 수가 없었다.

아진은 흘러내리는 눈물을 들킬까 봐 얼른 뒤돌아섰다.

그리고 젖은 음성으로 대답했다.

"아버지, 가장 유명한 돈까스 통째로 빌려두세요. 금방 다녀 올게요."

"…오냐."

루송찬은 지그시 눈을 감았다.

그의 얼굴에 깊이 파인 주름을 짠물이 계속해서 적셨다.

한발 물러서서 상황을 지켜보던 연백호가 김만우에게 눈짓했다. 고개를 끄덕인 김만우가 다가와서 아진의 손을 잡았다.

"그럼 텔레포트할게요."

아진은 말이 없었다.

김만우도 굳이 대답을 들으려 않고 텔레포트의 능력을 발동했다.

이윽고 두 사람의 모습이 거짓말처럼 사라졌다.

"갔습니까?"

루송찬이 여전히 감은 눈을 뜨지 않고서 물었다.

연백호가 그의 옆으로 다가와 입을 열었다.

"네, 갔습니다. 한데… 아들의 뒷모습을 보지 않으셔도 괜찮으시겠습니까?"

"마지막 뒷모습이 아닐 테니 상관없습니다."

그것은 루송찬의 바람이었다.

"네, 그렇죠. 마지막이 아닐 겁니다."

연백호가 가만히 그의 말에 동의했다.

*　　　　*　　　　*

몬스터에게 습격받고 있는 민가에서 몇 킬로미터 떨어진 지점.

인적이 전혀 없던 그곳에 두 명의 사내가 마술처럼 나타났다.

김만우와 아진이었다.

아진은 텔레포트가 시작되던 순간부터 무언가 이상한 기운을 감지했다.

그의 아공간 안에서 지독한 살기가 풍겨 나오고 있었다.

펫들의 짓은 아니었다.

그들이 살심을 품는 순간 아진은 이를 바로 캐치할 수 있다.

한데 지금 펫에게서 느껴지는 일괄적인 감정은 공포였다.

아진은 당장 아공간을 열어 그 안으로 들어갔다.

그리고 보았다.

광속으로 움직이는 신재림을.

예전의 아진이었다면 결코 그의 움직임을 포착할 수 없었을 것이다.

그러나 폭주령의 힘을 온전히 흡수한 지금은 달랐다.

타임 워커의 능력을 발휘한 신재림의 움직임이 전부 눈에 담겼다.

그와 동시에 아진의 신형이 앞으로 튀어 나갔다.

전광석화.

그것 말고는 달리 표현할 말이 없었다.

아진은 아무 능력도 사용하지 않고 순수한 육체의 힘만으로 신재림과 거의 대등한 스피드를 자랑했다.

신재림은 손에 롱 소드를 들고 있었다.

그의 롱 소드가 향하는 곳은 이환의 목이었다.

콰앙!

절체절명의 순간 이환의 앞을 가로막고 선 아진이 주먹을 휘둘러 신재림의 검날을 때렸다.

검날에서 시작된 충격이 신재림의 몸을 뒤흔들면서 타임 워커의 능력이 깨졌다.

"큭!"

신재림은 신음을 흘리며 팽이처럼 빙빙 돌아 뒤로 물러났다.

그가 중심을 바로잡고 멈춰 서자 삼백여 명이 넘는 데스페라도가 피를 뿜으며 우르르 쓰러졌다.

"꺄아악!"

"으아아악!"

"뭐, 뭐야! 다들 왜 이래!"

쓰러진 데스페라도들은 하나같이 목이 잘리거나 심장에 구멍이 뚫려 있었다.

이를 본 아진이 분노에 차 물었다.

"네가 한 짓이냐, 신재림?"

신재림이 묘한 미소를 머금었다.

"그럼 누가 했을 것 같아?"

두 사람의 대화를 듣게 된 데스페라도들은 일제히 혼란에 빠졌다.

신재림이 누군가?

누구보다 레지스탕스를 위해 헌신했던 이다.

뿌리까지 썩은 정부를 처단하기 위해 거침없이 달려왔던 이다.

레지스탕스 내에서는 정의라는 단어의 대명사로 신재림을 떠올리는 자들이 대부분일 정도였다.

그런데 그런 그가 동료들을 살육했다고 한다.

그것도 삼백이 넘는 인원을!

"말도 안 돼……."

이환이 충격에 몸을 바들바들 떨었다.

"말도 안 된다는 건 순전히 너의 잣대로 평가했을 때의 기준이지. 충분히 말이 되는 상황이야."

"재림이 형! 저, 정말… 형이 이랬다구요?"

신재림보다 두 살 어린 동생이자 데스페라도 초창기 멤버인 윤두희가 소리쳤다.

"두희야, 내가 아직 널 안 죽였었구나."

"대체 지금 무슨 말을 하시는 거예요! 형이 그럴 리가 없잖아!"

"그러니까 그건 전부 다 너희들 기준에서 판단한 거라니까. 충분히 그럴 수 있어, 나는."

"아니, 아니야. 재림이 형은 그런 사람이 아니야! 얼마나 따뜻한 형이었는데! 전부 재림이 형을 좋아했어! 열이면 열 모두 다 형을 좋아했다고! 그런데… 그 재림이 형이 이런 짓을 했다고? 거짓말… 당신… 누구야? 대체 누구길래 재림이 형 모습을 하고 이따위 짓거리를 하는……!"

서걱!

윤두희의 말은 더 이상 이어지지 않았다.

그의 머리가 세로로 쪼개졌기 때문이다.

털썩.

윤두희는 자신이 어떻게 죽는지도 인지하지 못한 채 피와 뇌수를 흘리며 쓰러졌다.

"흐아암~ 거참 시끄럽네."

윤두희의 뒤에서 그의 머리를 벤 자는 진공참 서리안이었다.

본래 비욘더 서열 4위이자 칠왕의 우두머리였다가 아진에게 패하는 바람에 리더 자리를 넘겨주고 5위로 밀려난 이였다.

"서리안! 너 미쳤어?!"

비욘더 서열 8위 전다경이 고함을 질렀다.
서리안은 반쯤 감긴 눈으로 전다경을 바라보며 씩 웃었다.
"미안. 나도 한패였어. 1년 전부터."
말을 하며 서리안이 사방으로 검을 휘둘렀다.
그의 반경 1킬로미터 안에 있던 비욘더 70명 중 반 이상이 진공참에 찢겨 나가 그 자리에서 절명했다.
"봤지? 너희들 죽이는 데 일말의 망설임도 없어. 나도, 신재림도. 그러니까 죽기 싫으면 죽을 각오로 싸워. 이렇게 일방적으로 죽어나가기만 해서야, 하품밖에 나오지 않으니까. 흐아아암~"
신재림이 주변을 둘러보며 한마디 했다.
"그렇다는군."
두 말종의 본모습을 확인한 아진의 미간에 세로줄이 그어졌다.
"에스페란자."
그가 마갑 에스페란자를 장착하고서는 육체 레벨을 최상으로 끌어 올린 뒤 스케라 검을 들었다.
"겨우 진지하게 해볼 마음이 들었나 보네?"
신재림이 유들거렸다.
어느새 그의 곁으로 다가온 서리안이 검을 고쳐 쥐었다.
"아진이 한 1분만 더 늦게 들어왔어도 여기 있는 애들 싹 다 시체가 되었을 텐데."

"말이라고."

두 사람의 거침없는 언행에 데스페라도들은 분노했다.

몇몇은 도저히 받아들이기 힘든 이 충격적 현실 앞에 오열을 터뜨렸다.

그리고 아진은 그 두 인간을 죽이기 위해 검을 들었다.

하지만 그 전에 묻고 싶은 게 있었다.

"왜, 무엇 때문에 이런 짓을 벌이는 거냐."

"네가 죽든 우리가 죽든 어느 쪽이든 죽어야 결판이 나는 상황이니 말해주지 못할 것도 없지. 2년 전, 류시해와 만나고 나서부터 난 새 시대를 여는 자양분으로 쓰이는 것에 일말의 망설임도 갖지 않았어."

"류시해… 새 시대? 설마."

"자이렉스라는 분이 계신다더군. 우리는 그분의 종자가 되기로 맹세했지."

"자이렉스!"

결국엔 자이렉스였다.

아진의 예상대로 이 모든 일의 배후에는 자이렉스가 있었다.

대체 왜, 무엇 때문에 지구에 이따위 짓을 벌이는 건지 알 수 없었지만 디멘션 임팩트 이후 생겨난 던전과 필드, 그 모든 것들이 전부 다 자이렉스의 소행임이 확실해졌다.

"너희들은 인간으로서 해서는 안 될 짓을 했어. 지구를 말아 드시겠다고 다른 세상에서 처들어온 개새끼랑 손을 잡아?"

아진이 한 단어 한 단어를 씹어 뱉었다.

서리안이 그런 아진에게 어깨를 으쓱해 보였다.

"우린 스스로의 가치 판단에 따라 움직였을 뿐이야."

"그 선택이 어떤 결과를 초래하는지."

말을 하던 아진의 모습이 갑자기 사라졌다. 그리고는 서리안의 뒤에서 모습을 드러냈다.

"몸으로 기억해라."

"…어?"

서리안이 놀라 뒤를 돌아봤다.

그 순간.

푸화아아아아악!

그의 몸이 수십 조각 나 다진 고깃덩이가 되어 바닥에 흩뿌려졌다.

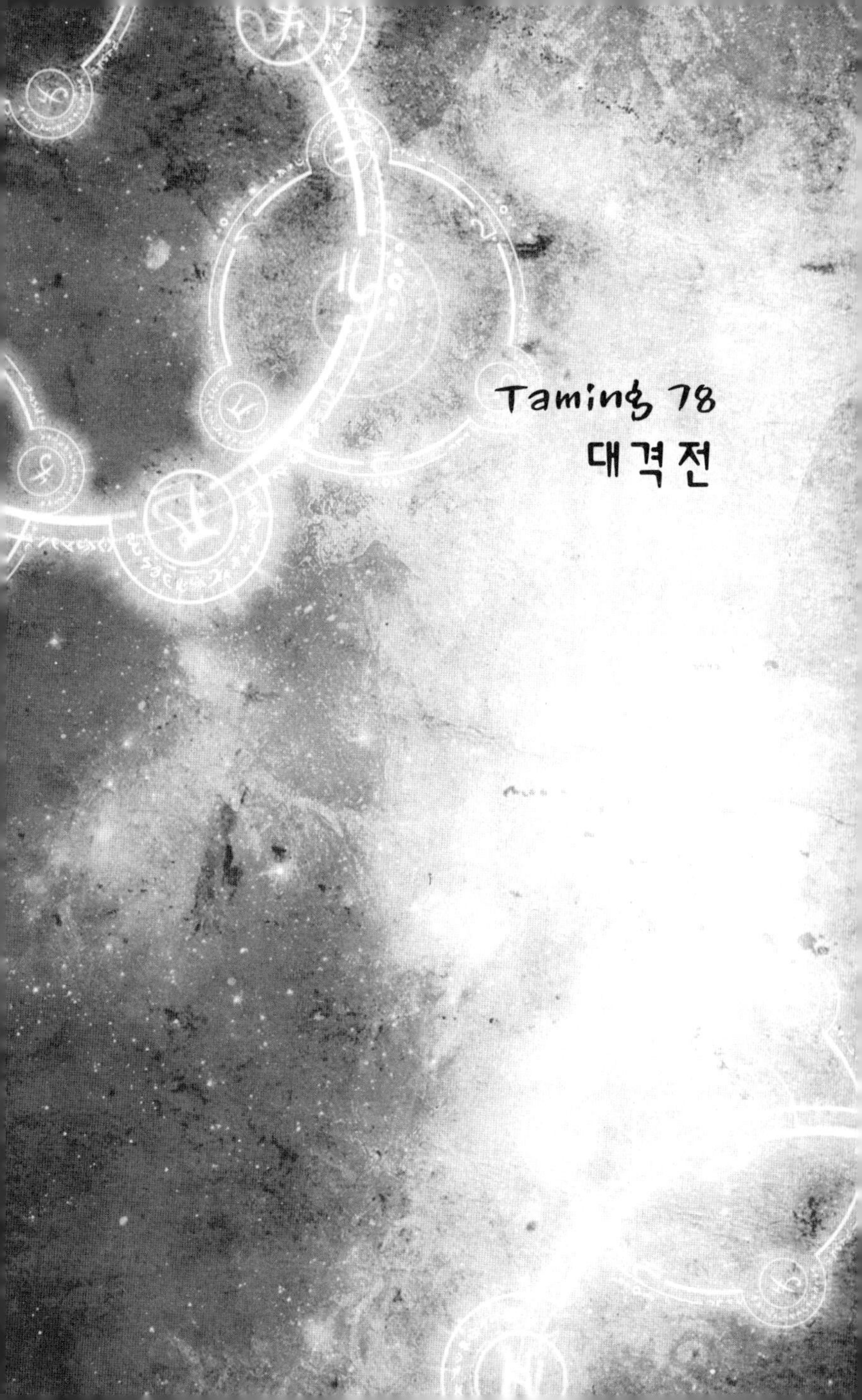

Taming 78
대격전

신재림에게서 여유가 사라졌다.

조금 전 아진의 움직임은 그가 타임 워커를 시전했을 때를 넘어섰다.

서리안은 신재림의 뒤에 서 있었다.

아진은 신재림을 지나쳐 서리안을 벤 것이다.

그러나 신재림은 아진의 움직임을 보지 못했다.

'졌다.'

싸워보기도 전에 결과가 눈에 빤히 보였다.

검을 들고 전력으로 대적해 봤자 사람과 개미의 싸움밖에 되지 않는다.

신재림의 가장 큰 힘은 타임 워커다.

그게 무용지물이 되었으니 재볼 필요도 없었다.

챙.

검이 바닥에 떨어지며 쇳소리가 울렸다.

“뭐 하는 거지?”

아진이 물었다.

신재림이 피식 웃으며 어깨를 으쓱였다.

“승산 없는 게임에 전력투구하지 않거든. 내가 검을 들어봤자 달라질 게 없어. 눈 깜짝할 새에 모가지가 날아가겠지.”

“잘 알고 있네.”

“죽여.”

“네가 이런 쓰레기인 줄은 몰랐지만, 한 가지는 고마워하고 있어. 레지스탕스에 날 끌어들여 준 거. 그런데… 왜 그랬던 거지? 어차피 이런 짓을 벌일 거였다면, 왜 내게 접촉했던 거야.”

“이렇게까지 괴물이 될 줄 몰랐지. 그분이 그렸던 그림은 널 레지스탕스에 편입해서 정부와 레지스탕스의 힘이 엇비슷해지게 만드는 거였거든. 그래서 둘의 싸움을 부추겨 양패구상한다는 게 가장 아름다운 결말이었어. 한데 네가 너무 강해진 거지. 결과적으로 나와 서리안이 남은 데스페라도를 죽여야 했지. 네가 조금만 더 늦게 들어왔다면 모조리 처리할 수 있었을 텐데, 그게 조금 아쉬워.”

"뭐……?"

신재림의 말은 아진에게 제법 충격으로 다가왔다.

그게 사실이라면 아진은 여태껏 류시해의 시나리오대로 움직인 것이 된다.

"내가 꼭두각시 노릇을 했다고?"

"그렇지. 넌 그분이 휘두르는 대로 움직이던 인형, 그 이하도 이상도 아니었어. 물론 나중에는 실을 끊어버리고 멋대로 설치긴 했지만."

"류시해… 정말 끝까지 구역질 나는 짓거리만 해대는군."

"궁금증이 풀렸으면 어서 끝내, 꼭두각시 양반."

신재림이 아진을 도발했다.

그는 죽음을 앞둔 그 순간까지 어떻게든 아진의 심사를 어지럽히려 노력하고 있었다.

하지만 산전수전 다 겪은 아진이 그 정도에 휘둘릴 리 만무했다.

충격을 받긴 했으나 그걸로 그만이었다.

시작은 류시해의 음모에 말려들었다지만 결국 결과는 자신이 바꿔놓았다.

그러던 와중 신재림과 서리안의 변질을 알아채지 못해 숱한 동료를 잃은 것이 가슴 아프긴 했다.

하나 지금 아픔에 빠져 있는다고 해결될 것은 없었다.

"네가 모르는 사실을 하나 알려주지."

아진이 차가운 목소리를 흘렸다.
그 순간!
서걱!
신재림의 머리가 허공으로 붕 떠올랐다.
잘린 목에서 피가 분수처럼 솟구쳤다.
툭.
어깨 위에서 떨어진 머리가 바닥을 굴렀다.
털썩!
몸뚱이는 힘없이 쓰러졌다.
콰직!
아진이 신재림의 머리를 밟아 터뜨렸다.
"난 지옥에서 살아 돌아왔거든. 고난과 역경 같은 건 수도 없이 겪어봐서 이제 익숙해. 무너지지 않는다, 두 번 다시."
"아진 씨!"
이환이 아진에게 달려와 그의 손을 꼭 움켜쥐었다.
"미안해, 이환. 너무 늦었어."
이환은 고개를 절레절레 저었다.
"아니에요. 아진 씨가 지금이라도 와줘서 다행이에요. 그러지 않았다면 우리는 전부……."
말을 하다 말고 이환은 입술을 깨물었다.
그녀의 눈에서 눈물이 주륵 흘러내렸다.
아진이 아공간을 둘러봤다.

살아남은 데스페라도의 수는 사백여 명 정도였다.
거의 반에 가까운 인원들이 신재림에게 살해당했다.
전력이 많이 약화되었지만 절망하고 있을 시간은 없었다.
자이렉스, 그리고 류시해와 맞서 싸워야 한다.
"다들 나갑시다. 시체는… 우선 여기에 두도록 하죠. 모든 것이 끝난 다음, 우리 손으로 직접 묻어줍시다."
아진의 말미에 현실로 통하는 문이 열렸다.
데스페라도들은 피를 삼키는 심정으로 아공간을 나섰다.
아진은 데스페라도들을 모두 내보낸 다음 마지막으로 그곳을 나왔다.
아공간엔 차갑게 식은 데스페라도들의 시체가 먹먹함만 가중시켰다.

* * *

"왜 인원이 이것밖에 안 되죠?"
김만우가 물었다.
데스페라도들은 누구도 시원하게 대답하지 못한 채 고개를 바닥으로 떨궜다.
결국 아진이 입을 열려 할 때, 누군가가 먼저 끼어들었다.
"다 뒈졌다."
강철수였다.

그가 씨근덕거리며 주먹을 말아 쥐었다.

"네? 철수 형님, 그게 무슨 말인지… 이것 참. 제가 잘 못 알아들은 것 같기도 하고."

김만우가 선뜻 받아들이지 못하고서 되물었다.

강철수는 버럭 소리를 질렀다.

"귓구멍에 엿 박았냐? 다 뒈졌다고 이 새끼야!"

"아공간에 안전하게 있던 분들이 대, 대체 왜!"

"신재림 그 개새끼랑, 서리안 그 씹새끼가 통수 쳤다! 이 잡종 놈의 새끼들 처음 볼 때부터 마음에 안 들었어."

"재림이 형이랑 서리안 님이 그럴 리가……."

김만우가 얼떨떨해져서 중얼댔다.

그대로 뒀다간 아무래도 강철수에게 한 대 얻어맞을 것 같아서 아진이 나섰다.

"2년 전쯤부터 변질했던 거였어요."

"그럼… 그들도 정부 쪽 사람들이었다는 겁니까? 이것 참……."

"아뇨. 정부보다 더 거대한 적에게 현혹됐어요."

"그 말은… 설마!"

"맞아요. 지금 몬스터 군단을 이끌고 난장판을 벌이는 장본인, 자이렉스란 인간의 편에 서게 된 거예요. 물론 그들을 직접적으로 회유한 건 자이렉스가 아니라 류시해였지만."

"류시해!"

류시해라는 이름을 모르는 이는 아무도 없었다.

비욘더였으나 스스로 몬스터가 되어 어느 날 자취를 감춰버린 인물.

그간 잠잠했던 그의 이름이 신재림의 입에서 튀어나왔을 때는 모두가 놀랐다.

자이렉스가 누구인지에 대해서는 아직 아진을 제외하고서는 아무도 모른다.

하지만 이 모든 일의 원흉이며, 류시해가 그와 손을 잡고 있었다는 정도는 상황 파악이 끝났다.

김만우도 뒤늦게 현실을 받아들였다.

충격에 빠진 그를 뒤로하고 아진은 데스페라도들을 움직였다.

"전장으로 갑시다."

저 멀리 몬스터 군단이 제멋대로 활개치고 다니는 광경이 눈에 들어왔다.

아진이 앞장서서 전장을 향해 달려갔다.

그 뒤를 400인의 데스페라도가 따랐다.

*　　　*　　　*

"오는군."

민가 하나를 완전히 아작 낸 자이렉스가 다가오는 데스페라도 군단을 보며 씩 웃었다.

"류시해."

자이렉스의 부름에 류시해가 검은 그림자 속에서 모습을 드러냈다.

"불렀나요~?"

"아진이 온다."

"내 자기들이 유도했으니까요."

"수가 제법 줄었군."

"그것도 내 자기들의 짓이라는 거. 안타깝게도 우리 자기 둘 다 모가지가 잘렸지만."

"아주 잘했다. 이제 아진의 목을 가져올 차례다. 가라. 네가 몬스터 군단의 수장이 되어 아진을 죽여라."

"분부대로~ 하음."

류시해가 빠르게 앞으로 달려 나갔다.

6천이나 되는 몬스터 군단이 그런 류시해를 따라 움직였다.

"온다!"

마주 달려오던 아진이 소리쳤다.

데스페라도들이 전원 선투태세를 갖췄다.

"소환, 몬스터 군단!"

아진도 120마리의 몬스터들을 일제히 소환했다.

'이 전쟁에서 사천사의 최면은 사용할 수 없다.'

아진이 싸워야 하는 6천의 몬스터들은 이미 자이렉스에게 정신 지배를 당하고 있다.

때문에 사천사의 최면이 먹히질 않는다.

오로지 순수한 힘으로 부딪쳐 싸워야 한다.

'수적으론 열세다.'

이미 전력의 차이가 10배 이상 차이 난다.

아울러 상대는 평범한 몬스터가 아니다. 하나같이 자이렉스가 만들어낸 키메라들이다.

키메라들은 가장 약한 놈들도 최소 3레벨급이다.

그런 녀석들이 6천인 것이다.

'처음부터 전력을 다한다!'

이 싸움의 승패는 애초에 아진이 어떻게 하느냐에 달려 있었다.

하지만 아무리 아진이 대단하다고 한들, 저 머릿수를 다 상대하기엔 무리가 있었다.

'술식을 전개한다.'

술식은 아진이 몬스터들을 테이밍할 때 사용하는 힘이다.

사천사의 최면은 통하지 않겠으나 술식은 또 모른다.

아진이 얼마 전까지 지배할 수 있는 몬스터의 수는 140마리가 최대였다.

그중에서 130마리를 길들였다가 10마리가 죽었다. 따라서 현재 120마리를 보유하고 있었고, 앞으로 20마리를 더 길들이는 게 가능했다.

한데 폭주령의 힘을 흡수하면서 최대치에 변화가 생겼다.

아진이 감각적으로 느끼기에 그가 최대한으로 다스릴 수 있는 몬스터의 수는 1,500마리였다.

폭주령은 몬스터 로드의 피에서 비롯된 자아다.

그 때문에 이런 일이 가능했다.

자이렉스가 몬스터를 지배하는 힘은 인공적으로 만들어낸 것이다. 몬스터를 지배하는 건 테이머 고유의 힘이다.

즉, 자이렉스는 지금 그것을 자신의 마법과 기술력을 총동원해 만든 가공의 힘으로 몬스터 테이머를 흉내 내고 있는 것뿐이다.

오리지널이 가짜에게 밀릴 리 없었다.

아진은 키메라들과의 거리가 가까워지는 순간 술식을 전개했다.

"술식, 지배!"

지배의 기운이 빠르게 퍼져 나가 키메라들을 집어삼켰다.

그러자 선두에 있던 키메라들이 갑자기 우뚝 멈춰 섰다. 그러고는 깨질 듯한 두통에 머리를 바닥에 처박고 괴로워했다.

"키에에에에엑!"

"크라라라라라!"

"구우우우우!"

'먹힌다!'

아진은 쾌재를 불렀다.

술식이 통한다.

그렇다면 전쟁이 생각했던 것보다 유리해질 수도 있었다.

아진이 술식의 힘을 계속해서 전개했다.

이리저리 몸을 뒤틀며 고통을 호소하던 키메라들이 벌떡 일어나 뒤돌아섰다. 그러고서는 자신의 동료들을 향해 이빨과 발톱을 들이댔다.

갑작스러운 동족상잔에 전장이 어지러워졌다.

키메라들은 서로 물고 뜯고 찢어 죽이기 바빴다.

이를 본 자이렉스의 미간이 심하게 구겨졌다.

"내가 파악하고 있던 것보다 그의 힘이 더욱 강해졌다. 류시해, 몬스터들과 다른 데스페라도들은 무시해라. 아진만 노려라!"

자이렉스의 의지가 류시해의 머릿속으로 흘러들어 왔다.

"하음~ 분부대로 따라야 하는 게 맞지만 어째 께름칙하단 말야~ 개죽음당할 것 같아."

마음은 그렇지만 류시해는 자이렉스의 명령을 거부하지 못했다.

그의 의지와 상관없이 몸은 아진을 향해서 빠르게 달려 나가고 있었다.

한편 아진은 계속 술식을 이용해 키메라들끼리의 싸움을 종용했다.

데스페라도들은 저마다의 능력으로 키메라를 상대했다.

아진의 펫들도 키메라 군단을 상대로 맞서 싸웠다.

아진이 거느린 펫은 그 수가 적지만, 반 이상이 4클래스 이상급이었다.

게다가 퀸도 수두룩했다.

수가 적다고 만만히 볼 게 아니었다.

형편없이 밀릴 것이라 생각했던 전쟁은 덕분에 호각지세를 펼치게 됐다.

그때, 아진이 본격적으로 전장에 난입했다.

그가 키메라 무리로 뛰어들어 스케라 소드를 크게 휘둘렀다.

서거걱!

아진의 주변에 있던 키메라들의 머리가 허공으로 떠올랐다.

검 한 번 휘둘렀을 뿐인데 십수 마리의 키메라가 저승길을 밟았다.

아진은 미리 마법을 3중첩 해둔 스케라 건을 꺼내 방아쇠를 당겼다.

콰르릉!

파지직! 파직! 지지직!

스케라 건에서 라이트닝 볼트가 연달아 쏘아졌다.

거기에 얻어맞은 키메라들은 피부가 새까맣게 타 스턴 상태에 빠졌다.

아진이 그런 놈들의 품으로 파고들어 갔다.

퍼퍼퍼퍼퍼퍽!

한 줄기 바람처럼 움직이며 그는 주먹을 내지르고 검을 휘둘렀다.

그가 지나간 자리마다 키메라들이 가을날 추수하는 벼처럼 우수수 쓰러졌다.

'잡을 수 있다!'

처음에는 그 어마어마한 규모에 걱정이 조금 됐다.

하지만 막상 부딪쳐 보니 충분히 감당할 수 있을 정도의 전력이었다.

결코 키메라들이 약한 건 아니었다.

폭주령의 힘을 흡수한 데다 에스페란자까지 장착한 아진이 너무 강해진 것이다.

아진이 지나가는 곳마다 키메라들의 시체가 쌓이고 피가 흘러넘쳤다.

시산혈해.

그 말이 딱이었다.

아무도 아진을 막을 수 없었고, 그의 살수를 피할 수 없었다.

그는 한 가닥 질풍이었다.

아진이 길을 뚫어놓으면 그의 술식에 당한 키메라들이 꾸역꾸역 몰려들어 2차 공격을 퍼부었다.

키메라들은 목숨을 아끼지 않고 전투에 임했다.

다리가 잘리고, 배에 바람구멍이 뚫려도 끝까지 상대방을 물어뜯었다.

그 덕에 데스페라도와 아진의 펫들은 비교적 안전하게 전투를 할 수 있었다.

물론 그렇다고 해도 아군의 피해가 없는 건 아니었다.

데스페라도는 수십 명이, 펫들은 열댓 마리가 목숨을 잃었다.

하나 죽어나간 키메라의 수는 이미 수백이 넘어가 일천에 다다르고 있었다.

적군의 수에 비하면 대승을 거두고 있는 중이었다.

그 모든 일의 중심에는 아진이 있었다.

'막을 수 있을까? 힘들지, 힘들어.'

자이렉스의 명을 받들어 아진에게 향하는 류시해는 계속해서 속으로 생각했다.

아진과 자신의 전력을 냉정하게 비교해 봤다.

과연 상대가 될 것인가?

몇 번을 재봐도 결과는 부정적이었다.

이미 그의 육감이 도망치라고 소리쳤다.

자이렉스의 명령만 아니라면 이미 백 번을 도망치고도 남았다.

'생각해 보자~ 여기서 살아남을 방법을.'

어떻게든 자이렉스의 의지를 거부할 수 있으면 된다.

'자이렉스가 명령을 할 때마다 뒤통수 안쪽이 근질거린단 말이야.'

자이렉스는 마법으로 몬스터들을 통치하고 있다.

알약을 먹어 몬스터화될 때 머릿속에 자이렉스에게 절대 복종 하고 마는 마법진이 각인되는 것이다.

'머리가 한번 쪼개지면 어떻게 될까나?'

류시해가 변이한 키르케 엘이라는 6레벨 몬스터는 기본적으로 '자가 재생'이라는 능력이 있다.

육신이 수십 조각 나도 순식간에 복구되는 능력이다.

심지어 전신이 가루가 되어도 원형으로 재생이 가능했다. 단전에 있는 코어가 멀쩡하다면 말이다.

해서 류시해는 마법진이 각인된 자신의 뇌를 한번 파내려고 했었다.

그러나 몸이 말을 듣지 않았다.

다른 부위는 얼마든지 자해가 가능했다.

한데 유독 머리를 건드리려 하면 의지를 제어당했다.

코어가 있는 하복부 역시 마찬가지였다.

'분명히 머리에 뭐가 있어.'

류시해는 머릿속에 비밀이 있으리라 짐작했다. 정확했다. 문제는 그것을 없애는 것이다.

해서 다른 몬스터들을 사냥해 잡아먹을 때 일부러 무방비 상태로 있어보기도 했다.

그러나 류시해의 몸은 워낙 단단했다.

몬스터들의 공격으로는 작은 생채기 하나 나지가 않았다.

한데 아진은 다르다.

지금 그의 힘이라면 류시해 정도는 얼마든지 조각낼 수 있었다.

'도박이지만 말이야~ 해볼 가치는 있어. 하음.'

류시해는 아진의 검에 모험을 걸어보기로 했다.

아진이 자신의 머리를 베어 버리면서 마법진이 깨지면, 그는 더 이상 자이렉스의 지배를 받지 않아도 된다.

문제는 아진이 과연 머리를 베는 것으로 끝내느냐 하는 것이다.

이미 류시해는 아진이 어떤 인간인지에 대해 자이렉스에게 전부 들은 바 있다.

그는 에스테리앙 대륙 최강의 테이머였다.

테이머 마스터라는 칭호까지 갖고 있었다.

몬스터에 대해 모르는 것이 없다.

그렇다 보니 현재 류시해가 변한 키르케 엘에 대해서도 속속들이 알고 있을 것이다.

아진은 필시 류시해를 완벽하게 죽이려 할 터.

틀림없이 코어가 있는 단전을 노릴 것이다.

'코어의 위치를 옮긴다면?'

갑자기 그런 생각이 들었다.

류시해가 키메라 중 한 마리의 목을 비틀었다.

드드득!

갑작스러운 아군의 공격에 절명해 버린 몬스터의 가슴에 손을 집어넣어 코어를 꺼냈다.

그런 다음 자신의 뱃가죽을 찢어 그것을 단전에 넣었다.

동시에 본인의 코어를 꺼내 정강이에다가 박았다.

찢어진 피부는 순식간에 자가 재생 되었다.

그러나 류시해의 모든 근육은 일시에 엉켰다.

키메라에게서 뽑아낸 코어는 그의 강인한 육신을 유지하기에 역부족이었다.

5,000cc 차에 500cc 엔진을 단 격이었다.

'이 상태로 버틸 수 있는 시간은 대략 1분 정도 되려나?'

1분.

그 안에 승부를 내야 한다.

그렇지 않으면 굳이 아진이 죽이려 하지 않아도 류시해는 스스로 자멸할 것이다.

코어는 단전에 있어야 힘을 발휘한다.

동시에 단전에 있을 때 보호받을 수 있다.

그런데 그것을 빼 다른 코어로 교체하고 종아리에 숨겼으니 몸에 무리가 왔고, 코어 역시 빠르게 망가지고 있었다.

그대로 1분이 지나면 코어가 파괴된다.

그것은 곧 류시해의 죽음을 의미한다.

'부딪친다!'

류시해가 엉키는 근육을 제어하며 속력을 높였다.

누군가 류시해의 최근 행보를 눈여겨봤다면 지금의 그에게 쌍욕을 던졌을지도 모른다.

그는 분명 자이렉스를 만났을 때 그가 여는 새 시대라는 것에 매료되어 있었다.

얼마 전까지도 그랬다.

그 길만 보며 맹목적으로 달려왔다.

한데 이제 와서 마음을 싹 바꿔먹는 건 무슨 경우란 말인가?

일반적인 상식으로 판단하자면 앞뒤가 맞지 않는 일이었다.

그러나 류시해는 정상인의 범주로 판단해서는 안 되는 인간이다.

그는 자신의 안위를 무엇보다 소중히 여긴다.

살기 위해서라면 어떤 파렴치한 짓도 할 수 있고, 믿었던 이를 배신하는 것도 쉬웠다.

그런 류시해다 보니 지금의 아진을 만나는 순간 생각이 완전히 변해 버린 것이다.

새 시대라는 것도 자신의 목숨이 붙어 있어야 값어치 있는 것이다.

정작 류시해에게 새로운 하늘을 열겠다 약속한 사람이 죽어버리면 아무 의미가 없다.

그런데 아무래도 지금 이 전쟁은 아진이 유리할 것 같았다.

만약 자이렉스가 진다면, 류시해는 졸지에 같이 개죽음을 당하는 것이 된다.

해서 지금 그의 최대 가치는 일단 살아남는 것으로 바뀌었다.

아진이 성난 맹수처럼 키메라들을 도살하며 달려오고 있었다.

'우리 자기~ 정말 터프해졌네? 이렇게까지 크기 전에 죽였어야 했던 건데, 하음.'

천하의 류시해도 지금의 아진을 대면하니 등골이 오싹했다.

그러나 여전히 자이렉스에게 조종당하는 이상 아진을 피할 수가 없었다.

그는 호랑이굴에 들어가는 심정으로 계속해서 달렸다.

아진과 류시해의 거리가 빠르게 좁혀졌다.

아진이 지나온 궤적을 따라 키메라의 시체가 쌓였다.

잠깐의 시간 동안 죽어나간 키메라의 머릿수가 2,000이 다 되어간다.

'정말 소름 끼치게 흥분되잖아~'

류시해가 비로소 아진의 사정거리 안에 들어왔다.

"안녕, 자기? 잘 지냈어?"

"류시해!"

류시해를 확인한 아진의 눈이 크게 떠졌다.

그의 눈동자에 분노가 가득 담겼다.

"이 개자식아!"

아진이 들고 있는 스케라 소드가 류시해의 머리를 반으로 쪼개려 했다.

'이런 식이라면 환영이지~'

류시해는 아진의 공격을 피하지 않았다.

아니, 이 정도 속도라면 애초에 피할 수도 없었다.

콰직!

스케라 소드가 류시해의 머리를 뚫고 들어가 박혔다.

어찌나 가죽이 튼튼한지 몸을 완벽하게 두 동강 내지는 못했다.

아진운 스케라 건을 류시해의 복부에 갖다 대고 방아쇠를 당겼다.

콰콰쾅!

삼중첩 된 파이어 볼이 연달아 터졌다.

그 충격으로 날아가는 류시해를 쫓아온 아진이 모가지를 잡고 바닥에 메쳤다.

콰아아앙!

류시해의 밑에 있던 키메라 여러 마리가 그대로 깔려 산산조각이 났다.

류시해가 처박힌 땅은 깊이 파였다.

아진의 주먹이 재생하려하는 류시해의 머리를 한 번 더 으

깨놓았다.

으적!

"결국 이렇게 허무하게 가버릴 걸 그 난리를 쳤냐?"

"크르륵~ 크륵~"

류시해가 무슨 말을 하려했으나 입이 완전히 뭉개져 말이 나오지 않았다.

하나 아진은 알 수 있었다.

놈이 엉망이 된 얼굴로도 자신을 비웃고 있음을.

"계속 웃어봐, 새끼야."

푹!

아진의 주먹이 류시해의 복부를 꿰뚫었다.

"크륵!"

복부를 막 헤집던 그의 손에 코어가 잡혔다. 아진이 그것을 떼내려 할 때였다.

"크아아아아아!"

키메라들이 아진의 뒤를 덮치려 했다.

하지만 그보다 먼저 녀석들의 목이 잘려 나갔다.

서걱!

"휴르르르르르~"

아진을 보호한 건 6레벨 몬스터 사천사였다.

사천사는 줄곧 허공에서 마법을 시전하며 키메라를 상대하고 있었다.

그러다 아진에게 필요 이상으로 접근하는 녀석이 있으면 바람의 칼날을 날려 목을 잘라 버렸다.

“잘했다, 사천사.”

콰직!

아진이 쥐고 있던 코어를 터뜨렸다.

“크르르…….”

류시해의 몸이 빠르게 허물어졌다.

“너한테는 너무 과분한 마지막이다. 더 지옥 같은 고통 속에서 몸부림치다 갔어야 하는 건데.”

류시해의 시신이 전부 녹아 사라진 뒤, 아진은 다시 앞으로 달려 나갔다.

아진의 뒤를 테이밍된 키메라 군단이 따라 움직였다.

녀석들은 무리 속에 데스페라도와 펫을 품고 호위하듯 발걸음을 맞추고 있었다.

덕분에 전쟁에서 죽어나가는 건 키메라가 대부분이었다.

아진과 키메라 무리가 밟고 지나간 땅속에서 류시해의 코어가 톡 하고 튀어 올랐다.

이윽고 코어에서 검은 실타래가 뽑혀 나왔다.

그것은 서로 얽히고설키며 증식하더니 점차 하나의 살덩이가 되었다.

살덩이에서 다시 증식한 실타래들은 몸뚱이가 되었고, 거기서 사지가 뻗어 나왔다.

마지막으로 머리까지 튀어나온 이후에 비로소 증식은 멈췄다.

코어만 남았던 키르케 엘이 원형 그대로의 모습을 되찾았다.

감고 있던 눈을 뜬 키르케 엘, 류시해의 앞에 얼굴을 짓밟으려는 거대 키메라의 발이 보였다.

류시해는 키르케 엘의 특기 중 하나인 섀도우 워커를 이용, 그림자 속으로 녹아들었다.

콰직!

조금 전까지 류시해가 있던 자리엔 깊은 구덩이만 파였다.

류시해는 그림자에 숨어서 자신의 상태를 관조했다.

더 이상 자이렉스의 음성이 들리지 않았다.

'벗어났네? 하음~'

비로소 자유의 몸이 된 류시해는 미련 없이 전장을 벗어났다.

피와 살이 튀는 전장에서 한참을 떨어진 뒤, 비로소 그림자를 벗어난 류시해는 비린 미소를 머금었다.

"미안하지만 자이렉스~ 그대는 실패했다네~ 내 육감은 틀린 적이 없거든. 루아진이 당신보다 더 괴물이었어. 그럼 멀리서 자이렉스의 최후를 지켜보실까?"

* * *

자이렉스는 류시해와의 교감이 끊긴 것을 느끼고서 침음성을 흘렸다.

"으음… 이렇게 쉽게 당하리라고는."

류시해뿐만이 아니었다.

자신의 몬스터 군단이 전부 추풍낙엽처럼 쓰러지고 있었다.

미러클 테이머가 이렇게까지 강할 것이라곤 생각지 못했다.

아니, 오늘 낮에만 해도 이 정도는 아니었다.

애초에 자이렉스의 계산 안에는 아진이 폭주령의 힘을 흡수하는 것까지는 들어 있지 않았다.

이대로라면 위험했다.

아진의 술식은 자신의 지배력보다 더욱 강했다.

철저하게 자이렉스의 명만 따르게 만들어진 키메라들이 아진의 수중으로 넘어가고 있었다.

누가 봐도 전쟁은 자신에게 불리한 쪽으로 기울고 있었다.

그러나.

"난 지지 않는다."

자이렉스에게는 최후의 한 수가 남아 있었다.

Taming 79
자이렉스의 사정

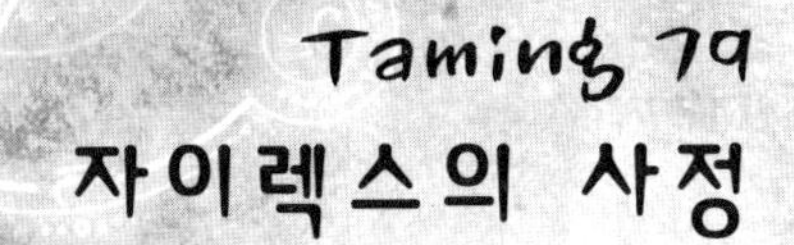

자이렉스의 몸이 하늘 위로 두둥실 떠올랐다.

그가 전장을 바라보며 주머니 속에서 하얀 알약 하나를 꺼냈다.

사람들을 몬스터화시켰던 그 알약이었다.

알약의 한 면에는 8이라는 숫자가 적혀 있었다.

"이럴 땐 내 마법이 생물학 쪽에만 특화되어 있는 게 억울하군."

자이렉스는 에스테리앙 대륙의 그 어떤 석학보다도 뛰어난 두뇌를 자랑하는 마법사로 유명했다.

하지만 그의 마법적 재능은 공격 분야에 유독 취약했다.

만약 그가 모든 원소의 공격 마법에 통달했다면 굳이 몬스터들을 길들여 대륙의 패권을 잡는 힘든 길을 택하진 않았을 것이다.

일당백의 기개로 일인군단이 되어 왕국을 휩쓸었을 터였다.

공간을 뒤틀어 던전이나 필드 같은 것을 만들어내면서도 공격 마법은 고작 4클래스 정도의 수준을 넘어서지 못했다.

그게 자이렉스의 치명적인 약점이었다.

때문에 이런 상황을 대비해 비장의 카드를 만들어놓았다.

자이렉스의 눈동자가 손에 들고 있는 알약으로 향했다.

"진정 이것을 먹어야 하는 날이 올 줄이야."

알약을 먹으면 그는 몬스터가 된다.

류시해처럼 인간일 때의 이성을 가진 몬스터 말이다.

하지만 그는 되도록 알약을 먹지 않았으면 했다.

끝까지 인간으로 남고 싶었다.

한데 상황이 그를 도와주지 않았다.

전쟁에서 지게 되면 그는 한 줌 흙으로 돌아갈 것을 각오해야 한다.

그렇게 되느니 괴물이 되어서라도 살아남고 싶었다.

이미 에스테리앙 대륙에서 크나큰 패배를 맛보고 지구로 도망쳐 온 상황이다.

두 번의 패배는 없어야 한다.

"지구… 수월할 것이라 생각했었는데, 날 이렇게까지 몰아

붙이다니."

지구의 인간들은 에스테리앙의 인간들보다 상대적으로 약했다.

마법을 사용하지도 못하고, 체력적으로도 약골이었다.

화기류가 발달했다고는 했지만 고레벨의 몬스터들을 끌고 들어오면 그것조차 무용지물이 된다.

실례로 지금 이 전쟁에서도 군 병력은 투입되지 않았다.

시국이 어지러워 상부에서의 업무가 일부분 마비되는 바람에 나라가 제대로 돌아가지 않는 상황이라고 해도 이토록 큰 일이 벌어지는 경우엔 발 빠르게 대처하게 마련이다.

하지만 군 병력은 혹시 모를 민간인 피해를 대비해 각 지역의 안전만을 책임질 뿐이었다.

이미 화기류가 통하는 싸움이 아니라는 것을 알기 때문이다.

자이렉스는 지금, 전 세계의 던전, 필드에 풀어놓았던 몬스터들을 모조리 한국으로 끌어왔다.

다른 나라에서는 위험 요소랄 것이 없었다.

이미 멸망시킨 나라만도 어마어마했다.

남아 있는 나라보다 사라진 나라가 더 많은 실정이었다.

한데 오로지 한국이라는 나라만 그에게 위협이 됐다.

아진 때문이었다.

처음에는 아진을 그렇게까지 경계하지 않았다.

아니, 아진이라는 존재가 있는 줄도 몰랐다.

자이렉스는 에스테리앙 대륙에서 아진에게 한번 크게 당한 적이 있었다.

비록 위장 기지였기는 하지만 그래도 제법 큰 규모를 자랑했던 곳을 아진이 쳐들어와 초토화시켜 놓았었다.

당시 그는 아진을 아르넬로 드 에스페란자 루라는 이름으로 기억했다.

이후 아진과는 별다른 마찰이 없었다.

시간이 흘러 아진은 자신을 배신했던 아르마를 단죄했고, 비슷한 시기에 자이렉스는 본격적으로 몬스터 군단을 이끌고 대륙 정벌에 나섰다.

하지만 자이렉스의 원대한 꿈은 무참히 짓밟혔다.

그는 에스테리앙 대륙을 정복하지 못했다.

대업의 첫걸음은 그럭저럭 만족스러웠다.

짧은 시간 약소국 세 개를 잡아먹고, 빠르게 세력을 불려 나갔다.

하지만 딱 거기까지였다.

인간들은 자이렉스가 거느리는 키메라 양성 집단 페라모사를 대륙공적으로 선포했다.

이어, 모든 왕국이 힘을 모아 페라모사 토벌에 나섰다.

결국 대규모로 밀어붙이는 대륙연합군의 파상 공세에 자이렉스는 더 큰 도약을 못 하고서 무너졌다.

그는 위기의 순간 남은 키메라들과 순종 몬스터들을 급하게 만든 필드 안에 숨기고 자신도 숨어들었다.

이후, 그 안에서 몇 년이라는 시간을 보내면서 살아남은 키메라들의 유전인자를 교배해 또 다른 키메라들을 만들어내는데 주력했다.

먹을 것은 걱정할 필요 없었다.

실험의 부작용으로 쓸모없게 된 키메라들을 잡아먹으면 그만이었다.

그렇게 잡아먹어도 키메라들은 제들끼리 교배를 해 새로운 새끼를 낳았다.

때문에 키메라의 수가 마를 걱정은 하지 않아도 됐다.

계속해서 유전인자를 조합해 탄생한 키메라들을 다시 조합해 가며 자이렉스는 다시 한 번 부활의 날을 꿈꿨다.

하지만 그의 야망을 펼칠 무대는 더 이상 에스테리앙 대륙이 아니었다.

자이렉스는 필드 안에서 키메라만 만들어낸 게 아니었다.

차원이동마법 또한 꾸준히 연구했다.

이것은 오래전부터 시간이 날 때마다 조금씩 건드렸던 분야였다.

그랬던 것을 이번 기회에 작정하고 파고들었다.

처음에는 차원이동에 대한 어떠한 실마리도 잡을 수 없었다.

하지만 자이렉스가 괜히 천재 마법사라 불리는 게 아니었다.

꾸준히 연구한 결과 차원과 차원 사이의 통로를 연결할 수 있는 방법을 알아냈다.

한데 이것만으로는 부족했다.

차원이동이란 실로 어마어마한 에너지가 필요한 마법이었다.

세상에 존재하는 모든 것들 중 가장 큰 에너지를 꼽으라면 영혼의 정수였다.

모든 살아 있는 생명체의 몸 안에 존재하는 그 영혼은 그야말로 우주를 닮은 에너지의 집약체였다.

때문에 그 영혼의 힘을 모아 마법을 시전하면 차원이동은 성공할 수 있을 터였다.

계획이 서자 자이렉스는 필드 안에서 커다란 마법진을 그렸다.

차원이동 마법은 그가 계속해서 개발해 나갔던 필드 마법의 상위 개념이었다.

필드 마법이 새로운 가상의 공간을 만드는 것이라면, 차원이동마법은 실제로 존재하는 다른 차원으로 갈 수 있는 공간, 즉 통로를 만드는 것이다.

필드 마법이나 차원이동마법이나 현재의 차원을 떠나야 하는 것이라는 점에서 공통점이 있었다.

때문에 자이렉스가 차원이동마법을 만들어내는 데 그리 오랜 시간을 허비하지 않은 것이다.

이제 남은 것은 마법을 성공시켜 줄 동력원, 영혼이었다.

자이렉스는 이날을 위해 실패작이 된 키메라들을 최대한 잡아먹지 않고 모아두었다.

그렇게 마법의 시전에 쓰일 생명이 300이나 마법진에 투입되었다.

사실 저 많은 키메라 중 단 한 마리만 자의적으로 나서서 자신의 영혼이 영원히 소멸해 환생의 굴레도 없이 사라지는 걸 감내하겠다고 한다면, 그것만으로도 이 마법은 시전이 가능했다.

환생할 수 있는 영혼보다 소멸한다는 전제하에 놓인 영혼에서 뿜어지는 힘이 훨씬 강하기 때문이다.

아르마가 그랬다.

스스로의 혼을 불살라 존재 자체를 없애는 조건으로 아진을 지구로 돌려보내 주었다.

그러나 키메라들 중에서는 그런 의식을 가진 녀석들이 없었다.

결국 300이라는 머릿수가 필요했다.

"시작한다."

자이렉스가 마법진에 포스를 흘려 넣었다.

그러자 검은 운무가 뿜어져 나와 필드에 자욱이 깔렸다.

그것은 곧 제물로 바쳐진 키메라들의 몸을 버터처럼 녹였다.

키메라들의 고통에 찬 울음소리가 필드를 가득 채웠다.

놈들의 육신이 사라지고, 영혼은 마법진 안으로 스며들었다.

그 순간 가장 가까이 있는 차원의 행성 하나에 어마어마한 에너지가 작렬했다.

쿠우우웅!

지구였다.

'성공이다!'

자이렉스가 처음부터 지구를 목표로 정했던 것은 아니다.

차원이동마법은 그저 가장 지근거리에 있는 차원, 그 차원 안에서도 닿기 쉬운 불특정 행성을 저절로 타게팅한다.

쿠우우우웅!

다시 한 번 마법의 에너지가 지구를 두들겼다.

바로 이때, 디멘션 임팩트가 일어났다.

지구에는 존재할 수 없는 기운, 포스라는 것이 차원을 넘어와 두들기면서 생태계에 엄청난 변화를 초래한 것이다.

포스에 노출된 사람들 중에서 기이한 힘을 사용하는 돌연변이들이 등장하기 시작했고, 훗날 이들이 바로 비욘더라 불리게 된다.

이것은 자이렉스조차 예상치 못했던 일이었다.

차원이동마법에 성공해 그가 처음 지구에 왔을 때는 알아가면 알아갈수록 여기가 바로 노다지구나 싶었다.

그는 먼저 차원을 넘어온 뒤, 통로 속에서 헤매고 있는 몬스터들을 조금씩 지구로 끌어내 주었다.

이러한 과정에서 던전이라는 것이 생겼다.

1레벨, 2레벨 몬스터들은 인간들의 화기류를 버티지 못했다.

하지만 3레벨 몬스터에게는 지구인들의 살상 무기가 통하지 않았다.

자이렉스는 쾌재를 부르며 몬스터들을 계속 계속 불러들였다.

한데 비욘더라는 존재들이 등장하며 그 몬스터들을 상대로 맞서 싸웠다.

포스라는 것 자체를 이용하지 못하는 인간들이 갑자기 돌변하면서 자이렉스는 일이 쉽게만 풀리지 않을 것임을 예감했다.

그래도 꾸준히 몬스터들을 지구로 끌어들였다.

그러면서 본인은 몬스터연구학자라는 신분으로 탈바꿈했다.

그는 겉으로 지구인들을 도와주는 척하며 뒤로는 몇몇 던전이 열렸다는 정보를 빠뜨려 몬스터와 키메라들을 무사히 지구로 도착하게 했다.

그러다가 한국으로 넘어왔다.

우선은 그가 뿌리를 두고 일어설 땅이 필요했다.

하지만 미국은 너무 넓었고, 비욘더의 수도 가장 많았다.

해서 적당히 작고 비욘더의 수도 적은 한국을 발판으로 삼자고 마음먹은 것이다.

그런데 한국에 정착한 지 오랜 시간이 흘렀을 때, 아진이라는 테이머가 두각을 드러냈다.

자이렉스는 인터넷의 여러 매체를 통해 그의 얼굴을 확인하고 처음에는 굳어버렸다.

'아르넬로!'

그는 아르넬로였다.

에스테리앙 대륙에서 자신이 만들었던 위장 기지를 때려 부쉈던 테이머!

그런데 그가 지구, 그것도 한국에 있다고 한다.

그는 이후부터 아진의 행보를 주시했다.

그리고 확신했다.

아진은 자신처럼 에스테리앙 대륙에서 이곳으로 차원이동을 해 넘어온 것이라고.

아진이 회귀를 하기 전까지, 그는 테이머도 무엇도 아니었다.

당시에는 자이렉스로 인해 던전이 열리고 비욘더가 나타나 인간과 몬스터의 대결이 한창이었다.

아진은 그 싸움에 아무런 상관이 없는 일반인이었다.

그런데 우연한 사고로 에스테리앙 대륙에 넘어가게 되었다.

한데 이때 시간이 뒤틀렸다.

그가 에스테리앙 대륙으로 가게 된 시점은 자이렉스가 아직 대륙을 상대로 전쟁을 선포하기도 전이었다.

아진은 그곳에서 10년을 살다가 다시 지구로 회귀했다.

그 때문에 지금과 같은, 말도 안 되는 상황이 일어난 것이다.

결국 아진과 자이렉스는 시간을 거슬러 또 한 번 악연으로 맞닥뜨리게 됐다.

이번에는 아진도 자이렉스도 물러설 수 없었다.

어느 한 쪽은 죽어야 끝나는 전쟁이다.

특히 자이렉스의 입장에서는 인간임을 포기하고서라도 이겨야 했다.

자이렉스가 들고 있던 알약을 입안에 넣고 삼켰다.

그 알약엔 자이렉스가 키메라들을 계속해서 배합해 만들어낸 유일무이한 8레벨 키메라의 코어가 담겨 있다.

이 종을 만들어낸 자이렉스가 궁극의 키메라라 부를 만큼 엄청난 종이었다.

자이렉스는 이 키메라의 이름을 느제스라 붙였다.

고대어로 '타락한 자'란 뜻이다.

"느제스. 난 이제부터 네가 될 것이다."

광기 어린 미소를 짓는 자이렉스의 몸이 서서히 변하기 시작했다.

투드득! 투득!

그의 살이 찢어지고 붉은 가죽이 돋아났다.

키가 3미터까지 자라나며 온몸은 단단한 근육이 감싸 안았다.

정수리에 굵고 검은 뿔이 자라났다.

등에는 붉은 날개가, 엉덩이엔 긴 꼬리가 가죽을 뚫고 나왔다.

가지런한 치아가 우수수 빠지고서 날카로운 톱니 같은 이빨이 새로 나왔다.

"그으으… 이제부터 절망을 느껴보거라, 미러클 테이머."

8레벨 키메라 타락한 자 느제스로 변한 자이렉스가 아진을 무섭게 노려봤다.

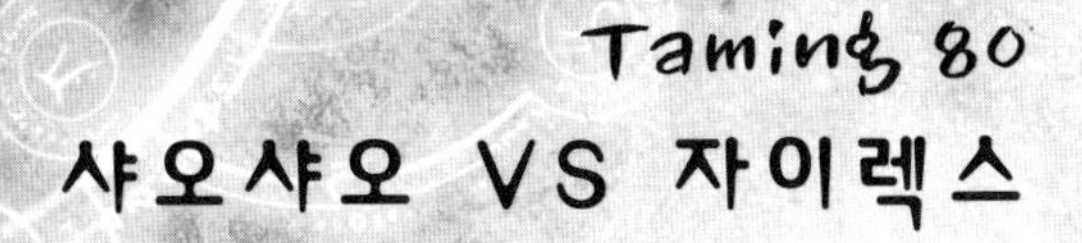

Taming 80
샤오샤오 VS 자이렉스

“저건 또 뭐야?”

신나게 키메라들을 학살하던 아진이 하늘을 보고 중얼거렸다.

생전 처음 보는 붉은색 몬스터가 거대한 날개를 펄럭이며 날고 있었다.

거리가 제법 떨어져 있음에도 녀석에게서 느껴지는 기운이 사뭇 대단했다.

“아르넬로!”

8레벨 키메라 느제스로 변한 자이렉스의 입에서 벼락같은 굉음이 터져 나왔다.

"자이렉스?"

아진이 고개를 갸웃거렸다.

자이렉스가 손으로 아진을 가리켰다.

순간 하늘에서 벼락이 번쩍! 내리쳤다.

"지랄하네."

카카캉!

아진이 스케라 소드를 휘둘러 그것을 쳐냈다.

벼락은 사방으로 갈라지며 아진을 공격하려던 키메라들의 머리를 쪼개놓았다.

"이딴 어린애 잔재주 같은 마법으로 날 잡겠다고?"

어림도 없었다.

지금의 아진은 그야말로 무적이었다.

그가 들고 있는 검 역시 아진의 포스가 주입되어 잘 벼린 명검 못지않았다.

보통의 스케라 소드였다면 이미 번개와 부딪혔을 때 산산조각이 났을 것이다.

하지만 아진이 쥐는 순간 그것은 보통의 스케라 소드를 탈피해 버렸다.

"내려와, 새끼야!"

아진이 키메라 세 마리의 목을 일격으로 자르며 소리쳤다.

"네 말이 맞다, 아르넬로. 방금 건 잔재주였지. 그럼 이번 건?"

자이렉스가 두 손을 머리 위로 들어 열 손가락을 쫙 폈다. 그러고는 아래로 짓누르듯 팔을 내렸다.

그에 하늘에서 번개 다발이 무더기로 쏟아졌다.

콰르르르르르르릉!

전장에 번개가 폭우처럼 떨어졌다.

"아아아악!"

"끄악!"

"크르르륵!"

"키에에에에!"

거기에 당한 키메라와 아진의 펫, 그리고 데스페라도들이 무참히 죽음을 맞았다.

"젠장!"

죽어버린 펫들과의 정신적 연결 고리가 일시에 끊겼다.

그 수가 무려 40이었다.

데스페라도는 백여 명이 저승길을 밟았다.

이건 더 이상 대규모의 전쟁이 아니었다. 강자와 강자끼리의 싸움이었다.

"모두 물러나!"

아진이 데스페라도들에게 명했다.

지금 이 전장에서 그의 명령은 절대적이었다.

모든 인류의 생사가 아진의 두 손에 달렸다.

데스페라도들은 이것저것 생각할 것 없이 일제히 전장을 벗어나기 시작했다.

그런 그들의 뒤를 키메라들이 따라붙으려 했다.

그러자 아진이 조종하는 키메라들이 녀석들을 막아섰다.

또다시 키메라끼리의 혈전이 벌어졌다.

'고레벨 마법만 시전할 수 있었어도!'

저 녀석들을 한 번에 쓸어버릴 텐데.

그렇게 생각하는 아진의 가슴 속에서 포스가 일렁였다.

'이건……?'

지금까지와는 뭔가 느낌이 달랐다.

줄곧 아진을 구속하고 있던 마법의 한계가 사라졌다.

아진은 이미 9클래스의 모든 마법 공식을 외우고 있었지만 정작 3클래스 이상의 마법은 사용할 수 없었다.

그것이 아진이 천성적으로 가지고 태어난 한계였다.

"이것도 폭주령의 힘인가?"

아진이 질주하다 멈춰 서서 뒤돌아섰다.

그리고 키메라 무리를 향해 두 손을 뻗었다.

"그라운드 오브 퓨리."

아진의 입에서 8클래스 공격 마법의 시전어가 흘러나왔다.

그러자 아진이 가리킨 키메라 무리의 중심부로부터 시작해 반경 300미터의 땅덩어리에 죽음의 기운이 어렸다.

단지 그뿐이었다.

무엇이 폭발하지도 않았고 땅속에서 용암이 솟구치지도 않았다. 하늘에서 번개 다발이 떨어지는 일도 없었다.

그런데 키메라들이 일시에 땅바닥에 넙죽 엎드렸다. 이어 놈들의 몸이 무언가에 짓눌리듯 무참히 짓이겨졌다.

"끄르륵… 끄륵!"

어마어마한 중압감에 놈들은 비명도 제대로 지르지 못했다.

신음만 겨우 흘리는 사이 살이 터지고 뼈가 으스러졌다.

찢어진 가죽 밖으로 내장이 흘러나왔다.

그 내장까지 갈가리 찢기고 짓눌렸다.

얼마 지나지 않아 키메라들은 하나같이 다진 고깃덩이가 됐다.

죽음의 대지 위에 두 발로 멀쩡히 서 있는 키메라는 단 한 마리도 없었다.

8클래스 마법 한 방으로 이천이나 되는 키메라들이 죽음을 맞았다.

남은 키메라의 수는 천 마리가 조금 안 됐다.

그놈들은 아진이 모조리 테이밍해 자신의 군단으로 만들었다.

이제 전쟁은 아진과 키메라 군단 대 자이렉스 한 명의 구도로 변했다.

"제법 까부는구나. 하지만 거기까지다."

자이렉스가 두 손을 기묘하게 휘둘렀다.

그에 따라 땅이 갈라지며 용암이 터져 나오고 하늘에서 불타는 운석들이 마구 추락했다.

고위 공격 마법 볼케이노와 메테오 스트라이크가 동시에 시전된 것이다.

둘 중 하나만 시전해도 수천의 목숨을 앗아 갈 수 있는 어마어마한 마법이었다.

특히 메테오 스트라이크는 대도시 한국 땅덩어리 절반은 그냥 날려 버릴 수 있을 만큼 위력적이었다.

저걸 그대로 두면 아진은 몰라도 주변 사람들은 전부 죽는다.

뿐만 아니라 한국 자체의 근간이 흔들리고 만다.

저 정도의 운석들이라면 떨어지는 순간 충격파가 사방으로 터져 나가며 인류의 절반이 저승으로 떨어질 테니 절대로 막아야 했다.

눈에는 눈! 이에는 이!

아진은 마법으로 맞대응했다.

"안티 매직 셸!"

아진이 8서클 방어 마법을 시전했다.

안티 매직 셸은 8서클 이하의 마법들을 전부 무효화시킨다.

아진의 몸에서 푸른 기운이 용솟음쳤다.

그리고 그것은 사방으로 퍼져 나갔다.

이윽고 솟구치려는 용암과 떨어져 내리는 운석들을 휘감았다.

"됐다!"

아진은 마법의 효과로 인한 현상들이 전부 진정될 것이라 생각했다.

결과적으로 아진의 생각은 반만 맞았다.

용암은 전부 사라졌으나 운석은 여전히 무서운 기세로 떨어져 내리는 중이었다.

"뭐야! 안티 매직 셸!"

다시 한 번 아진이 마법을 시전했으나 결과는 같았다.

"8클래스 마법이 아니라고? …설마!"

그것은 메테오 스트라이크의 상위 마법, 메테오 스웜이었다.

8서클이 아니라 9서클 마법이었다.

8서클의 방어 마법 안티 매직 셸로는 그것을 막을 수 없었다.

"이런!"

낭패였다.

이대로 가다가는 한국이 날아가 버리고 만다.

"하하하하하! 절망해라! 울부짖어라! 그리고 최후에는 나를 경배하거라."

자이렉스가 크게 웃었다.

'뭔가 방법이……!'

자이렉스가 바라는 대로 되도록 둘 수는 없었다.

하지만 딱히 메테오 스웜을 막을 방법이 떠오르지 않았다.

촉각을 다투는 시간!

절체절명의 상황에서 아진의 머릿속으로 누군가의 의지가 전해졌다.

[샤아!]

샤오샤오였다.

'샤오샤오?'

샤오샤오는 다른 몬스터들과 함께 소환하지 않고 아공간에 넣어둔 상태였다.

최대한 힘을 아껴두게 했다가 마지막 카드로 사용할 생각이었다.

한데 그런 샤오샤오가 의지를 전해왔다.

[샤아아!(날 꺼내줘, 주인 놈아!)]

"소환, 샤오샤오!"

아진은 깊이 생각할 여유가 없었다.

일단은 샤오샤오가 원하니 무슨 방법이 있겠지 싶어 소환하고 봤다.

아진의 어깨 위에 나타난 샤오샤오가 머리를 밟고 올라서서 하늘을 쳐다봤다.

그러더니 얼굴을 발그레 물들이고는 몸을 배배 꼬았다.

"샤아아, 샤아~(나한테 뭐가 많이 떨어져 내리니까 부끄러워~)"
"샤오샤오, 지금 부끄러워할 때가 아니야! 그것보다 이럴 거면 왜 꺼내달라고 한 거야!"
"샤아아! 샤앗!(계속 다가온다! 부끄러!)"
"샤오샤오! 이럴 시간 없어!"
운석들이 이제는 숨 몇 번 들이마시면 땅에 처박힐 만큼 가까이 다가왔다.
"멸망할지어다! 나 자이렉스는 새로운 지배자가 되어 새 하늘을 열 것이다! 경배하라, 미천한 것들이여! 하하하하하하하!"
"샤오샤오!"
"샤아아아아!(부끄러워어어어어!)"
일촉즉발의 상황!
샤오샤오가 무더기로 쏟아지는 운석들에 얼굴을 잔뜩 붉히고서 소리를 빼액 질렀다.
순간 샤오샤오의 입에서 사자후가 터져 나왔다.
그것은 어마어마한 기공파가 되어 반경 수십 킬로미터까지 뻗어 나갔다.
그리고 아진은 보았다.
운석들이 일제히 허공에서 멈춰 버리는 기이한 광경을.
아니, 그것은 멈춘 게 아니었다.
샤오샤오가 내뿜은 기공파에 부딪혀 가로막힌 것이다.

콰콰쾅! 콰쾅! 콰아아앙!

여기저기서 운석들이 기공파에 충돌했다.

그때마다 지축이 심하게 흔들렸다.

쿠아앙! 쾅!

“이게 대체…….”

아진이 허공에 둥둥 떠 있는 운석들을 보며 혼잣말을 흘렸다.

기공파는 모든 운석들을 전부 받아냈다.

아울러 운석이 충돌할 때 이는 충격파를 전부 흡수했다.

“……?!”

하늘에서 그 광경을 지켜보던 자이렉스는 입을 턱 다물었다.

두 눈으로 직접 보고도 도저히 믿을 수가 없었다.

“샤하아아아아.”

메테오 스트라이크를 간단하게 막아낸 샤오샤오가 한숨을 쉬었다.

그제야 기공파가 사라졌다.

이제 아무 힘이 없는 돌덩이가 된 운석들은 천천히 땅에 떨어졌다.

쿵. 쿠웅. 쿠쿵.

본래는 대지를 뒤집어엎었어야 할 운석들이 맥없이 바닥에 처박혔다.

메테오 스트라이크는 허무하게 끝이 났다.

"샤오샤오…… 또 네 녀석이로구나."

샤오샤오의 존재에 대해서는 자이렉스도 익히 알고 있었다.

하지만 에스테리앙 대륙의 모든 몬스터 학자들이 그랬던 것처럼 자이렉스도 샤오샤오에게 큰 관심을 가지지 않았다.

한데 그 녀석이 범상치 않은 존재라는 건 지구에 와서 알게 되었다.

정확히는 아진이 테이밍한 샤오샤오의 활약을 보고 난 이후였다.

샤오샤오가 방송 매체를 탄 건 한 손에 꼽을 만큼 적었다.

그 와중에서 제대로 된 힘을 발휘한 건 두 번 정도가 전부였다.

그마저도 최근에서야 접하게 된 것이었다.

만약 자이렉스가 샤오샤오의 모든 활약상을 볼 수 있었다면 진작부터 그 작은 몬스터에 대한 대비책을 세워뒀을 것이다.

하지만 그는 최강의 적이 아진이라고만 생각했다.

그의 생각은 틀렸다.

자이렉스가 두려워해야 할 최강의 적은 샤오샤오였다.

"역시 실망시키지를 않는구나."

아진이 샤오샤오를 품에 안아 머리를 쓰다듬었다.

"여전히 황당하긴 하지만. 대체 넌 얼마나 강한 거냐."

"샤아~"

"그래서 말인데."

아진이 위를 올려다봤다.

"저 녀석도 네가 좀 상대해 줘야겠다. 처음 등장할 때부터 느낌이 심상찮았는데 설마 9클래스 마법을 사용할 줄은 몰랐어. 그래서는 내가 막을 수 없어. 어지간히 강해야지. 기껏 폭주령의 힘을 흡수했는데, 키메라들을 잡아 족치는 게 전부였다."

"샤아?"

샤오샤오도 고개를 들어 자이렉스를 쳐다봤다.

"사실은 좀 겁이 나. 폭주령에게 들었거든. 네가 강제 진화를 했을 때 이미 넌 몬스터 로드로서 각성을 한 것이나 다름없다고. 네가 몬스터 로드로서 완전히 각성을 해버리면 난 너랑 싸워야 돼. 그래서 강제 진화를 부탁하는 게 영 내키지 않지만, 지금은 그게 아니면 답이 나오질 않아."

"샤아아?"

"강제 진화 해, 샤오샤오. 자이렉스를… 저 괴물을 없애줘."

"샤아!"

샤오샤오가 고개를 끄덕였다. 녀석은 아진의 품에서 내려왔다. 그러고는 미간을 살짝 구기고서 허리를 꼿꼿이 폈다.

두 주먹을 불끈 쥐었다.

"샤아아아아―"

샤오샤오의 몸에서 환한 빛이 새어 나왔다.

그것은 곧 샤오샤오의 전신을 휘감았다.

빛 무리 안에서 샤오샤오의 몸집이 커지며 강제 성장이 시작되었다.

크게 숨을 들이마셨다 내뱉을 만큼의 시간이 흐른 뒤에, 빛 무리는 사라졌고 궁극 성장을 한 샤오샤오가 서 있었다.

2미터에 달하는 키, 근육질의 탄탄한 몸매, 검은 털로 뒤덮인 하반신과 등까지 내려오는 흑발, 잡티 하나 없는 새하얀 피부와 아름다운 얼굴을 가진 최강의 생명체.

몬스터 로드가 자이렉스를 보며 으르렁거렸다.

"그게 너의 본모습이더냐?"

자이렉스가 낮은 음성으로 물었다.

분명 작은 목소리임에도 불구하고 그의 목소리는 아진과 샤오샤오에게 똑똑히 전해졌다.

음성에 마나의 힘이 실렸음이 분명했다.

자이렉스는 자신의 몸속에 차고 넘치는 마나를 주체할 수가 없었다.

느제스의 육신은 주변의 마나를 계속해서 흡수하고 있었다.

아무리 마법을 시전해도 마나의 고갈이 올 수 없는 상태였다.

때문에 상대가 누구든 짓눌러 버릴 자신이 있었다.

비록 9서클 마법이 막혔다고는 하나, 계속되는 거대 마법들을 연달아 막아낼 수는 없을 터였다.

그러나 자이렉스가 샤오샤오의 궁극 성장을 한 모습이 몬스터 로드의 그것이라는 것을 알았다면 이런 안일한 생각을 하지 않았을 것이다.

불행하게도 자이렉스는 이를 몰랐다.

자이렉스뿐만 아니라 에스테리앙의 모든 사람이 몬스터 로드의 진정한 모습을 알지 못했다.

그에 대한 자료는 이미 오래전에 소실되어 명확지 않은 형태가 구전으로만 전설처럼 전해져 내려오기 때문이다.

"얼마나 재롱을 떠는지 한번 보도록 하마."

자이렉스는 호기롭게 다음 마법을 시전했다.

"루인 오브 그라운드!"

루인 오브 그라운드 역시 9클래스 마법이다.

이 마법이 시전되면 마법사가 원하는 지역이 모든 것을 삼키는 무저갱으로 변한다.

깊이를 알 수 없는 암흑의 심연 속에서 기이한 에너지가 흘러나와 주변에 있는 것들을 강력하게 끌어당긴다.

흡사 블랙홀을 보는 것만 같다.

콰드득! 콰직!

우드득! 콰콰!

무지막지한 힘을 견디지 못한 나무가 뿌리째 뽑히고 주변의 건물이 무너졌다.

그것들은 전부 암흑 속으로 빨려 들어갔다.

아진과 샤오샤오 역시 예외는 아니었다.

"으윽!"

아진은 에스페란자의 육체 레벨을 최대치까지 올렸다. 그럼에도 그 힘을 버티기가 어려웠다.

"크윽!"

결국 두 다리가 허공에 붕 떠서 무저갱으로 끌려 들어가려 할 때였다.

턱.

샤오샤오가 무심하게 팔을 뻗어 아진의 다리를 잡았다.

아진은 정신이 없는 와중에도 샤오샤오를 살폈다. 놀랍게도 녀석은 너무나 평온하게 두 발을 땅에 딛고 서 있었다.

루인 오브 그라운드의 힘은 샤오샤오에게 아무런 영향도 끼칠 수가 없었다.

샤오샤오가 점점 더 크기를 더해가는 암흑을 힐끗 바라보더니 한 발로 땅을 쾅! 굴렀다.

그러자 지축이 흔들리며 어둠의 아가리가 파르르 떨렸다.

그러고는 자석처럼 끌어당기는 힘이 약해지는가 싶더니 이내 어둠은 소멸되었다.

"이거… 진짜야?"

아진은 할 말을 잃었다.

황당하기는 자이렉스도 마찬가지였다.

고작 발 한 번 구르는 것으로 9클래스 마법을 파훼시키다니?

말도 안 되는 일이다.

하지만 그 말도 안 되는 일을 앞에 있는 녀석이 가능하게 만들었다.

샤오샤오는 순수한 힘으로 루인 오브 그라운드를 짓눌러 없애 버렸다.

“카오스 블레이드!”

자이렉스는 놀란 와중에도 재차 마법을 시전했다.

카오스 블레이드 역시 9클래스 공격 마법이었다.

자이렉스의 앞에 2미터의 검신을 자랑하는 암흑의 검이 나타났다.

“베라.”

자이렉스가 샤오샤오를 가리키며 명했다.

카오스 블레이드는 그 자리에서 갑자기 사라졌다.

그러고는 샤오샤오의 코앞에 나타났다.

그 검은 일반적인 물리력을 행하는 검이 아니었다.

검신에 닿는 순간 모든 것이 사라진다.

존재 자체를 파멸시켜 버리는 것이다.

감히 이 검을 막을 수 있는 존재는 이 세상에 없었다.

자이렉스와 똑같은 9클래스 마법사가 아닌 이상 살짝 닿기만 해도 사라져 버려야 했다.

쉬잉—

카오스 블레이드가 기이한 울음과 함께 샤오샤오의 심장을 향해 날아들었다.

샤오샤오는 그것을 슥 쳐다보더니 손을 뻗어 칼날을 낚아챘다.

"끝났구나."

자이렉스의 입가에 회심의 미소가 걸렸다.

카오스 블레이드는 닿기만 해도 효력을 발휘한다. 그 힘에 당하지 않으려면 무조건 피하는 것이 상책이었다.

한데 스스로 칼날을 잡아버렸으니, 베이지 않았다고 해도 육신이 사라질 판이었다.

실제로 샤오샤오의 팔이 점차 희미해지고 있었다.

샤오샤오는 고개를 갸웃거리다가 반대쪽 손으로도 검신을 잡았다.

그러자 그 손까지 희미해지기 시작했다.

"샤오샤오! 검을 놔!"

"늦었다. 검을 놓아도 네 육신은 파멸의 길을 걸을……."

자이렉스는 말을 미처 마무리 짓지 못했다.

빠각!

샤오샤오가 카오스 블레이드를 두 동강 냈다.

그러자 카오스 블레이드는 검은 연기가 되어 흩어졌다.

사라지려 하던 샤오샤오의 팔은 다시 원래대로 돌아왔다.
저주의 숙주인 카오스 블레이드가 망가지며 마법의 저주까지 풀려 버린 것이다.
"……."
이쯤 되니 비로소 자이렉스는 무언가 잘못 돌아가고 있다는 느낌을 받았다.
"파워 워드 킬!"
그가 또 다른 9서클 마법을 시전했다.
이것은 상대방에게 죽음을 명하는 마법이다.
자이렉스가 지정하는 상대방은 마법이 발동하는 순간 죽음에 이르고 만다.
한 생명을 무조건 앗아 가는 무서운 마법인 만큼 광범위가 아닌 단일 대상에 한하여 시전 가능한 마법이었다.
샤오샤오는 자신의 머릿속에 다른 이의 의지가 파고들어 옴을 느꼈다.
그것은 곧 샤오샤오의 의식 체제를 지배해 무의식의 끈을 건드렸다.
그러고는 스스로의 심장을 정지시키도록 유도했다.
"샤아아."
그때, 샤오샤오가 낮게 울었다.
그것은 경고였다.
내 머릿속에서 나가라는 경고.

그와 동시에 밀리고 있던 샤오샤오의 의지가 강력한 힘을 얻어 불청객을 단숨에 쫓아냈다.

터엉!

"크윽!"

자이렉스는 파워 워드 킬이 튕겨져 나오며 심한 내상을 입었다.

강력한 마법인 만큼 상대방이 튕겨낼 경우 부작용이 따랐다.

"쿨럭!"

기침을 하는 자이렉스의 입에서 피가 토해졌다.

그가 손으로 입가를 닦으며 샤오샤오를 노려봤다.

"대체 저 괴물은 뭐냐."

9서클 마법이 전혀 통하지를 않았다.

자이렉스는 거대한 벽을 만난 것 같았다.

아진만이 그가 넘어야 할 산이라 생각했다.

느제스로 변하는 순간 그 산을 정복했으니 더 이상 두려울 것이 없다 믿었다.

그런데 산을 정복하니 하늘이 나타났다.

바라보기만 할 뿐, 감히 닿을 수 없는 하늘이 자이렉스를 굽어보고 있었다.

"엘리멘탈 퍼니시먼트!"

자이렉스는 자신이 구사할 수 있는 원소 마법 중 가장 강력한 9서클 마법을 시전했다.

시전어가 터져 나온 후 초고열의 보랏빛 불길이 땅속에서 솟구쳐 샤오샤오를 덮쳤다.

동시에 모든 것을 파괴하는 절망의 바람이 날아들었다.

대지가 갈라지며 용암이 흘러넘쳤고 하늘에선 번개가 연속으로 쉰 방이나 같은 지점에 떨어졌다.

거기에 블리자드까지 겹쳐 얼음 폭풍이 몰아쳤다.

그야말로 원소의 심판이 시작된 것이다.

아진은 거친 공격 마법의 포화 속에 삼켜진 샤오샤오를 걱정했다.

궁극 성장을 한 샤오샤오를 믿고 있었으나 싸움에는 언제나 변수가 존재하기 때문이다.

다행히 샤오샤오는 큰 대미지를 입지 않았다.

아진과 샤오샤오 사이에 이어진 정신의 끈으로 인해 이를 알 수 있었다.

'버텨라, 샤오샤오. 자이렉스를 잡아라.'

아진이 두 주먹을 불끈 쥐고 샤오샤오의 건투를 빌었다.

한데 그때였다.

뚝.

둘 사이에 연결되어 있던 끈이 끊어졌다.

"……샤오샤오?"

순간.

"샤아아아아아아아!"

엄청난 고함과 함께 샤오샤오에게 휘몰아치던 마법들이 전부 터져 나갔다.

엘리멘탈 퍼니시먼트가 한순간에 사라졌다.

"……."

자이렉스는 크나큰 충격으로 말을 잃었다.

아진 역시 다른 이유로 충격을 받았다.

"교감이 끊어졌어."

그것은 곧 샤오샤오가 아진의 지배를 벗어났다는 얘기다.

샤오샤오의 눈이 붉게 물들었다.

녀석이 한 번 더 크게 울부짖었다.

"샤아아아아!"

그러자 1천의 키메라와 아진의 펫들이 일제히 허리를 곧추 세웠다.

"큭!"

아진은 갑작스러운 두통에 머리를 움켜쥐었다.

"크으윽! 이건……!"

뚝. 뚜두둑. 뚜두둑.

아진의 의식 속에서 지금까지 테이밍한 모든 존재들과의 교감이 끊어져 나가기 시작했다.

"샤오샤오 너……."

아진은 떨리는 시선으로 샤오샤오를 바라봤다.

아진에게서 등을 돌린 녀석들이 전부 샤오샤오에게로 몰려가고 있었다.

몬스터 로드로 각성한 샤오샤오가 놈들을 지배해 버린 것이다.

하지만 그들의 힘이 더해진다고 해서 지금의 싸움에 딱히 도움이 될 건 없었다.

샤오샤오와 달리 키메라와 몬스터들은 9서클 마법 한 방이면 전부 사라질 게 뻔했다.

샤오샤오 역시 그것을 알고 있었다.

녀석은 키메라와 몬스터가 전쟁에 직접 참여하기를 바라는 게 아니었다.

"스아아아아아."

샤오샤오가 입을 크게 벌리고 숨을 들이마셨다.

그러자 샤오샤오에게 달려오던 녀석들의 몸속에서 코어가 튀어나왔다. 그것은 전부 샤오샤오의 입속으로 빨려 들어갔다.

우르르르르르!

키메라와 몬스터들이 일제히 죽음을 맞았다.

"블링아! 꼬맹아! 흰둥아! 사천사! 시크냥! 타조! 예티!"

아진은 자신이 테이밍했던 몬스터들의 이름을 피 토하듯 외쳤다.

다른 녀석들의 코어를 삼킨 샤오샤오는 그 힘을 흡수했다.

코어의 에너지가 심장에 갈무리되면서 전에는 없던 검은 날개가 돋아났다.

머리의 뿔은 더욱 굵어졌고, 잘 벼린 칼날 같은 긴 꼬리가 자라났다.

샤오샤오가 날개를 크게 펄럭였다.

그의 몸이 바람을 타고 로켓처럼 솟구쳤다.

"아무래도 이 싸움은 계속할 수 없을 것 같군."

자이렉스는 자신에게 다가오는 샤오샤오를 보며 패배를 예감했다.

"다음을 기약하도록 하마. 텔레포트."

자이렉스가 공간이동 마법 텔레포트를 시전했다. 마나가 반응해 마법을 발동시키면서 주변의 광경이 허물어져 내렸다. 전부 무너진 것들이 재조립되면 자이렉스는 다른 공간에 서 있을 터였다.

그런데.

덥석!

"……!"

무너지던 차원을 찢고 새하얀 손 하나가 들어와 자이렉스의 목을 움켜쥐었다.

그것은 무지막지한 힘으로 그를 끌어당겼다.

그에 무너지던 광경이 필름을 되감듯 다시 원상 복구 됐다.

"이 무슨 말도 안 되는……."

자이렉스는 텔레포트에 실패했다.
샤오샤오가 오로지 무력만으로 차원을 찢어 다른 공간으로 넘어가려던 자이렉스를 잡아 끌어낸 것이다.
"샤아아."
샤오샤오가 낮게 울었다.
자이렉스는 등골이 오싹해졌다.
"대체 넌… 정체가 뭐냐."
샤오샤오는 대답 대신 그의 오른쪽 팔을 잡아당겼다.
두둑! 쩌적! 콰드득!
"크아악!"
자이렉스의 팔 하나가 통째로 뽑혔다.
"이런 미친 녀석이!"
자이렉스가 욕설을 퍼부었다. 하지만 샤오샤오는 아무런 감흥도 없는 듯 느긋하게 반대쪽 팔까지 뽑았다.
콰득! 쩌억!
"끄으으!"
한 쌍의 팔이 허공에서 떨어져 바닥에 내팽개쳐졌다.
두 팔을 잃은 자이렉스가 몸을 파르르 떨었다.
"설마 내가… 종자도 모르는 너 같은 몬스터 하나 때문에 일을 그르치게 될 줄이야……."
"샤아."
샤오샤오가 시끄럽다는 듯 한 마디 뱉었다. 그의 날카로운 꼬리가 자이렉스의 양 허벅지를 훑고 지나갔다. 그러자 두 다리가 깔끔하게 잘려 땅으로 곤두박질쳤다.

사지가 모두 잘려 몸뚱이만 남은 자이렉스의 꼴은 차마 두 눈으로 보고 있기 안타까울 만큼 초라했다.

조금 전까지만 해도 세상을 지배할 야욕에 사로잡혔던 사내라고는 볼 수 없는 몰골이었다.

"끝까지… 나를 농락하는구나, 이 빌어먹을 몬스터가."

쩌억!

말을 하는 자이렉스의 머리가 반으로 쪼개졌다.

샤오샤오는 그대로 시체가 되어버린 자이렉스의 몸뚱이를 휙 던졌다.

털퍽!

엉망이 된 자이렉스의 상반신이 피와 뇌수를 쏟으며 바닥을 뒹굴었다.

그것으로 끝이었다.

자이렉스는 전장의 시체가 되어 생을 마감했다.

그 광경을 아진은 그저 지켜보고만 있었다.

자이렉스가 죽은 건 다행이었다. 그러나 더 큰 일이 벌어질 것 같은 예감이 들었다.

그때 하늘에 있던 샤오샤오와 눈이 마주쳤다.

아진을 바라보는 녀석의 시선에는 전과 같은 애정 대신 지독한 광기만이 가득 담겨 있었다.

"샤아."

샤오샤오의 입에서 차가운 음성이 흘러나왔을 때, 아진은 자신의 예감이 틀리지 않았음을 알았다.

샤오샤오가 몬스터 로드로서 완벽하게 각성했다.

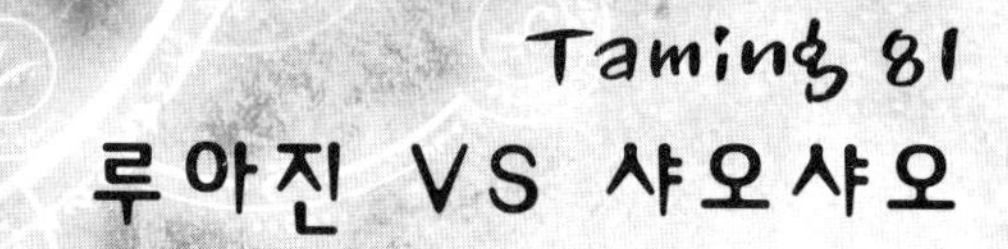
Taming 81
루아진 VS 샤오샤오

"샤아."

샤오샤오가 낮게 울었다.

"샤오샤오."

아진의 음성에도 샤오샤오는 여전히 냉담했다.

이미 그는 아진이 알고 있던 샤오샤오가 아니었다.

몬스터 로드가 몰래 뿌려놓은 그의 적통 중 유일하게 각성한 완벽무결의 몬스터였다.

'핀치다.'

아진은 샤오샤오를 대면한 것만으로도 궁지에 몰렸음을 느꼈다.

그에게는 9서클의 마법이 통하지 않았다.
아진의 8서클 마법이 통할 리가 만무했다.
게다가 힘과 민첩성도 어마어마했다.
8레벨 몬스터 느제스로 변한 자이렉스를 아무렇지 않게 찢어 죽였다.
그런 상황이다 보니 아진이 샤오샤오를 이길 방법은 없었다.
"샤아—"
의미 없는 울음을 흘린 샤오샤오가 갑자기 아진의 코앞에 나타났다.
"윽!"
아진이 반사적으로 뒤로 몸을 날렸다.
하지만 샤오샤오의 주먹이 더 빨랐다.
빽!
"크악!"
아진은 두 팔을 교차시켜 가까스로 얼굴을 가렸다.
그럼에도 엄청난 충격이 두 팔을 넘어 얼굴까지 전해졌다.
그 자세 그대로 아진은 뒤로 날아갔다.
쿠당! 쾅! 콰쾅! 털썩.
대포알처럼 날아간 아진은 바닥에 몇 번이나 튕겨진 다음에야 겨우 멈춰 섰다.
"크헉!"

고통에 찬 숨을 뱉어낸 아진이 바로 자세를 잡았다.

한순간이라도 정신을 놓고 있으면 바로 저승행 열차를 타게 될 판이다.

'무지막지하다.'

그 말밖에 떠오르지 않았다.

에스페란자를 입었는데도 주먹질 한 방에 정신이 나갈 정도의 타격을 입었다.

맨몸이었다면 양팔이 잘리고 머리가 터져 그대로 즉사했을 것이다.

아진은 고개를 휘휘 젓고서 샤오샤오를 찾았다.

그런데 보이지 않았다.

"샤—"

그때 뒤에서 샤오샤오의 목소리가 들려왔다.

아진은 뒤를 돌아볼 생각도 않고 앞으로 내달렸다. 하나, 이번에도 한발 늦고 말았다.

빽!

"악!"

옆구리에 강력한 일격이 꽂혔다.

앞으로 달려 나가려다 옆으로 날아가 바닥에 처박혔다.

터텅!

아진은 바닥에 충돌하는 순간 두 손으로 지면을 쳐내 바로 일어섰다. 이번에는 샤오샤오를 찾을 생각도 않고 바로 마법을 시전했다.

"블링크!"

블링크는 100미터 내의 공간 어디로든 이동할 수 있는 공간 이동 마법이다.

마음 같아서는 고위 마법 텔레포트를 시전해서 전장을 완전히 벗어나고 싶었다.

그러나 아진에게 그런 시간적 여유는 없었다.

자이렉스가 텔레포트를 시전하려다 샤오샤오에게 잡혀 산산조각이 났던 걸 아진은 두 눈으로 똑똑히 보았다.

블링크를 사용함과 동시에 아진의 모습이 사라졌다.

거의 동시에 조금 전까지 아진이 있던 자리에 샤오샤오가 나타나 주먹을 휘둘렀다.

"샤—"

먹잇감이 도망갔다는 뉘앙스로 한마디를 흘린 샤오샤오에게 갑자기 불덩이가 날아들었다.

아진이 블링크를 시전해 거리를 벌리자마자 시전한 화염계 공격 마법이었다.

샤오샤오는 그것을 손가락 하나로 튕겨냈다.

텅!

샤오샤오의 코앞에서 궤도가 바뀐 불덩이는 옆으로 날아가 바닥에 작렬했다.

콰아아아아앙!

격한 소리가 터지며 지면이 흔들리고 대기가 몸서리쳤다.

샤오샤오는 아진을 보며 천천히 다가왔다.

"너··· 지금 즐기고 있냐?"

아진의 물음에 샤오샤오는 대답하지 않았다.

그러나 즐기고 있는 게 확실했다.

고양이가 쥐를 잡아먹기 전에 지칠 때까지 가지고 놀듯, 샤오샤오도 아진을 가지고 놀았다.

"내 귀엽던 샤오샤오는 어디로 간 건데?"

"샤아—"

"샤오샤오는 그렇게 울지 않아. 샤아아아~ 하고 더 귀여운 느낌으로 운다고, 이 자식아."

"샤."

"니미, 사장님 나이스 샤이다."

아진은 영양가 없는 농담을 던졌다.

무슨 말이라도 하지 않으면 이 압박감을 견디지 못하고서 졸도할 것 같았다.

그동안 숱한 적을 만나왔지만 이토록 살 떨리는 상대는 처음이었다.

아군일 때는 한없이 든든하더니 적으로 돌아서는 순간 대재앙이 되었다.

"있잖냐. 아무리 머리를 굴려도 널 대적할 방법이 떠오르지 않는다. 이거 어쩌냐. 쓰레기차 피하려다 똥차에 치인 꼴이 됐으니.”

“샤샤.”

저 멀리서 대답을 한 샤오샤오가 갑자기 코앞에 나타났다.

“이젠 놀랍지도 않다.”

서걱!

“크윽!”

샤오샤오의 꼬리가 아진의 옆구리로 날아들었다.

아진이 빠르게 몸을 뺐음에도 갑옷이 잘리며 복부에 깊은 열상을 입었다.

조금만 늦었으면 허리가 동강날 뻔했다.

“너 진짜 피도 눈물도 없냐? 조금 전까지만 해도 나 없으면 죽고 못 살 것 같던 녀석이 각성했다고 이렇게 돌아서냐?”

빠직!

“크윽!”

아진의 얘기가 끝나기 무섭게 안면에 번개가 번쩍했다.

반사적으로 고개를 뒤로 뺐지만 이미 그의 몸은 바닥을 구르고 있었다.

샤오샤오에겐 아진의 어떤 말도 들리지 않았다.

때문에 괜히 자극만 하는 꼴이 되었다.

쩌저적! 파각.

에스페란자의 투구가 조각나 깨졌다.

훤히 드러난 아진의 얼굴은 온통 피투성이었다.

"하아아. 하아."

샤오샤오에게 얻어맞은 건 딱 네 대가 전부였다.

한데 그것만으로도 아진은 이미 반탈진 상태가 되었다.

한 방 한 방이 생사의 경계를 넘나들게 할 만큼 위력적이었기 때문이다.

'승산이 없다.'

샤오샤오 앞에서 아진은 너무나 무력했다.

아무것도 할 수 있는 게 없어서 화가 나다 못해 허탈할 지경이었다.

'이러려고 그렇게 애를 썼던 게 아닌데.'

아진은 지구로 넘어온 이후 엉망이었던 과거의 삶을 바꾸기 위해 끊임없이 노력했다.

한시도 쉬지 않고 앞만 보며 달렸다.

모든 것을 잃었던 이전의 생과 달리 아버지를 지키고 큰 부를 얻었다.

그리고 자신이 이뤄놓은 것을 지키기 위해 앞장서서 전장에 나섰다.

한데 공든 탑이 무너지려 하고 있다.

자신이 가장 아꼈던 펫, 샤오샤오에 의해서.

자이렉스가 자신의 야망을 위해 아진을 호랑이 새끼인 줄도 모르고 키웠던 것처럼, 아진도 샤오샤오라는 맹수를 키웠다.

자이렉스는 아진의 어금니에 물렸고, 아진은 샤오샤오에게 목줄이 잡힌 상황이다.

참 기구한 운명이었다.

“샤아.”

샤오샤오가 그새 또 지척까지 다가와 있었다.

이제는 정말 끝이다.

더 이상 피할 힘도 없었다.

그러나 끝이라는 걸 알면서도 마음으로는 도저히 포기가 되지 않았다.

“샤오샤오. 너 정말 완전히 돌아선 거니. 주종 관계는 끊겼다고 하지만 함께한 정이 있는데 이렇게 철저하게 남 대하듯 하기냐. 정말… 정말 너…….”

아진이 말을 하든 말든 샤오샤오는 주먹을 말아 쥐었다.

그리고 번개처럼 휘둘렀다.

그것으로 끝이었다.

아진의 머리는 수박처럼 터져 나갈 것이고 그의 몸뚱이는 차가운 시체가 될 것이다.

아진은 주먹이 날아오는 걸 인지하지도 못한 채 하려던 말을 마무리 지었다.

“날 잊은 거니?”

순간, 샤오샤오의 눈동자가 흔들렸다.

빽!

“끄윽!”

얼굴을 그대로 얻어맞은 아진의 몸이 뒤로 넘어갔다.

코뼈가 부러지면서 쌍코피가 흘렀다. 송곳니가 빠지고 두 눈의 실핏줄이 모두 터졌다.

하지만 죽지 않았다.

방금 그 공격은 샤오샤오답지 않았다.

지금껏 그가 휘두른 주먹을 생각하면 아진은 이미 죽었어야 맞다.

한데 녀석은 주먹이 닿기 전 갑자기 힘을 조절했다.

'설마?'

아진이 벌떡 일어나 샤오샤오의 눈을 바라봤다. 녀석의 눈이 미세하게 떨리고 있었다.

'망설이고 있어. 샤오샤오는… 날 잊지 않았어!'

기회가 생겼다.

살아남을 기회가!

"샤오샤오!"

"샤아……."

샤오샤오가 힘겹게 말을 토해냈다.

"나 알아보겠어?"

"샤아아……."

"그래, 인마! 네가 날 어떻게 잊어! 샤오샤오! 널 잡아먹은 폭주령한테 지지 마! 네가 그 녀석을 잡아먹으면 되는 거야! 나도 그렇게 했잖아!"

아진은 비로소 자신이 폭주령을 억눌러서 흡수했음을 떠올렸다.

자신이 할 수 있었다면 샤오샤오도 가능할 것이다. 그렇게 믿었다.

하지만 그러기엔 샤오샤오 안에 존재하는 폭주령의 자아가 너무 강대해져 버렸다.

이미 샤오샤오의 정신은 폭주령이 훨씬 많은 주도권을 쥐고 있었다.

"샤아… 아아아아!"

샤오샤오가 꼬리를 휘둘러 아진의 머리를 베려 했다.

"샤오샤오!"

아진이 목청껏 샤오샤오를 불렀다.

"샤아!"

카앙!

날카로운 꼬리가 아진의 정수리에 닿으려는 찰나, 무언가가 그것을 막았다.

샤오샤오의 팔이었다.

"잘했어, 샤오샤오! 폭주령을 막아! 네가 잡아먹어! 넌 할 수 있단 말이야!"

"샤아아……."

샤오샤오가 머리를 움켜쥐고 비틀거리며 물러났다.

지금이라면, 어쩌면 샤오샤오에게 치명상을 입히는 게 가능할지도 모른다.

하지만 아진은 그러지 않았다.

그럴 수 없었다.

그는 최후의 최후까지 샤오샤오를 믿어보기로 했다.

제발 몬스터 로드로 각성한 폭주령을 짓밟고 샤오샤오가 다시 몸을 지배할 수 있기를 바랐다.

"샤아아아아아아아!"

샤오샤오가 고통에 찬 비명을 질렀다.

"힘내, 샤오샤오! 지지 마라!"

"샤아아앗! 샤아아아!"

몸을 이리저리 뒤틀며 괴로워하던 샤오샤오가 자신의 꼬리를 움켜쥐었다. 그러더니 그것을 확 뜯어냈다.

투드득!

"샤아아……!"

뜯어진 꼬리는 이내 다시 자라났다.

손에 들린 꼬리는 잘 벼려진 칼처럼 꼿꼿이 서 있었다.

샤오샤오가 꼬리 끝을 자신의 왼쪽 가슴으로 겨냥했다.

그걸 본 아진이 눈을 훕떴다.

"샤오샤오! 너 지금… 뭐 하려는 거야?"

"샤아아앗……!"

"샤오샤오!"

"샤아… 그으으으으!"

꼬리를 쥐고 있는 샤오샤오의 두 팔에 힘이 잔뜩 들어갔다. 샤오샤오는 스스로 심장을 찔러 자결하려 하고 있었다. 하나 이것을 몬스터 로드의 의지가 필사적으로 막았다.

하나의 육신을 두고 두 개의 혼이 강하게 맞붙었다.

"안 돼… 하지 마, 샤오샤오!"

"샤아아앗…….(이 방법밖에는 없어…….)"

"그만 둬! 네가 폭주령을 잡아먹으면 돼! 넌 할 수 있어, 이 자식아!"

"샤아아, 샤아아아.(이미 그러기에는 너무 늦었어, 주인.)"

"아니야! 늦지 않았어! 그러지 마!"

샤오샤오는 더 이상 아진의 말을 듣지 않았다.

꼬리를 거꾸로 쥔 그의 팔이 점점 더 안쪽으로 구부러졌다.

드득! 트드득!

샤오샤오의 의지를 몬스터 로드가 막아서며 양팔의 근육이 파열되기 시작했다.

하지만 샤오샤오는 물러서지 않고 계속해서 팔을 구부렸다.

이미 대부분의 주도권을 몬스터 로드가 점령한 시점이었다. 그럼에도 샤오샤오는 저런 말도 안 되는 일을 해내고 있었다.

괜히 샤오샤오가 아니었다.

그대로 가다가는 정말 꼬리로 심장을 뚫을 기세였다.

결국 아진이 나섰다.

그가 샤오샤오에게 다가가 꼬리를 빼앗으려 했다.

그러나 돌아오는 건 샤오샤오의 번개 같은 발길질뿐이었다.

빼억!

"크억!"

열상을 입은 복부에 크게 한 방 얻어맞았다.

아진은 머리가 핑 도는 걸 느꼈다.

"커헉! 크흡! 쿨럭!"

방금의 일격으로 내장기관이 다쳐 입에서 피를 토했다.

조금만 정신을 놓으면 그대로 졸도할 판이었다.

"샤, 샤오… 샤오……."

아진이 젖 먹던 힘까지 쥐어짜 내 겨우겨우 몸을 일으켰다.

그리고 다시 샤오샤오에게 다가가려 했다.

몸이 말을 듣지 않았지만 어떻게든 한 발 한 발 움직였다.

그런데.

푸욱!

"……?!"

꼬리가 샤오샤오의 가슴을 뚫고 등으로 빠져나왔다.

동시에 두 팔의 근육이 터지고 뼈가 박살 났다.

"쿨럭!"

샤오샤오가 검은 피를 토하며 그 자리에 털썩 무릎을 꿇었다.

다른 몬스터에게 당했다면 이 정도 상처쯤 금방 아물었을 것이다.

하지만 지금은 샤오샤오 본인의 의지로 심장을 뚫었고, 재생하려 하는 것을 의도적으로 막고 있는 중이었다.

이미 복원되어 계속해서 피를 사방으로 보내야 하는 심장이 복원은커녕 기능을 멈춰 버렸다.

그때였다.

두두둑!

샤오샤오는 엉망이 된 팔을 움직여 새로 자라났던 꼬리를 뜯어 이번엔 머리에 박아 넣었다.

푸욱!

몬스터 로드가 아무리 괴물이라 해도 무적은 아니었다.

재생 기능을 정지한 상태로 심장과 뇌가 뚫려 버린 이상 그의 육신은 죽음을 향해 빠르게 질주해야 했다.

무릎을 꿇고 있는 샤오샤오의 피부가 벗겨지며 피고름이 뚝뚝 떨어졌다.

피고름과 함께 근육은 가닥가닥 끊어졌고, 손톱과 발톱, 이빨, 머리카락이 모두 빠졌다.

"샤오샤오!"

아진이 놀라 샤오샤오를 불렀다.

샤오샤오의 의식이 빠르게 희미해졌다.

'샤아아아.(이 방법밖에 없었어.)'

"샤오샤오!"

사라질 듯 말 듯 위태로운 의식 속에서 아진의 음성이 들렸다.

그 목소리를 듣는 순간 샤오샤오는 저도 모르게 미소를 지었다.

샤오샤오가 얼굴 가죽이 다 벗겨져 흉측한 몰골을 하고서 아진을 바라봤다.

흐릿한 시야 너머로 자신을 향해 다가오는 아진이 보였다.

"샤오샤오! 샤오샤오!"

이제 정말 끝이다.

죽음이 코앞이었다.

몬스터 로드의 영혼은 이미 소멸했다.

육신을 끝까지 붙들고 있는 건 오로지 샤오샤오의 혼이었다.

모든 근육이 사라지고 뼈만 앙상하게 남은 샤오샤오의 몸이 앞으로 쓰러지려는 순간, 힘겹게 다가온 아진이 그를 안았다.

"샤오샤오! 정신 차려! 이대로 가는 건 내가 용납 못 해!"

샤오샤오도 그러고 싶었다.

아진과 더 많은 시간, 더 행복한 시간을 함께하고 싶었다.

지금 이 순간 아진과 같이 지나온 길들이 주마등처럼 스쳐 지나갔다.

그리고 눈앞이 하얗게 변했다.

샤오샤오의 혼이 몸을 떠나려 하고 있었다.

그 마지막 순간, 샤오샤오의 머릿속엔 한 가지 생각밖에 떠오르지 않았다.

샤오샤오는 마지막 힘을 내서 그걸 입 밖으로 내놓았다.

"샤아아아. 샤아아……. 샤앗.(다행이야, 주인. 살아서… 고마웠어.)"

"샤오샤오, 너 그게 무슨 말이야. 그런 유언 같은 말 하지 마, 인마!"

아진이 닭똥 같은 눈물을 흘리며 소리쳤다.

그리고 샤오샤오가 고개를 떨궜다.

그의 얼굴 근육이 녹아 없어지고 구멍 뚫린 해골만 남았다. 그마저도 이내 가루가 되어 흩날렸다.

아진의 품에 안겨 있던 샤오샤오는 흔적도 없이 사라졌다.

"샤오샤오… 샤오샤오오오오오오!"

아진이 상처 입은 맹수처럼 울부짖었다.

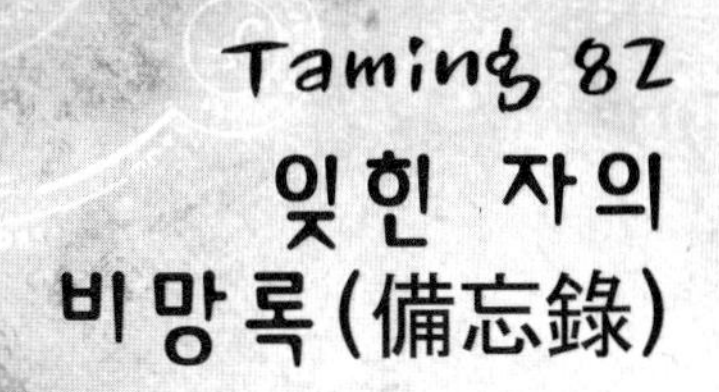
Taming 82
잊힌 자의
비망록(備忘錄)

자이렉스와의 전쟁이 있은 지 세 달이라는 시간이 흘렀다.

그 세 달 동안 지구 전역엔 단 한 번도 던전과 필드가 열리지 않았다.

모든 기현상의 원인이었던 자이렉스가 죽어버렸으니 당연한 일이었다.

그리고 그 자이렉스를 죽인 영웅은 한국에 있었다.

하지만 세상은 이런 사실을 알지 못했다.

미국이 실시한 절대적 불가침조약 때문이었다.

각 나라는 완전히 독립된 생활을 해나갔기에 한국이 아닌 다른 국가들은 드디어 몬스터의 씨가 말라 침공이 끝난 것이겠거니 생각하고 있었다.

하지만 절대적 불가침조약은 여전히 해제되지 않았다.

미국은 여전히 자국의 안녕을 최우선으로 생각했다. 그들에게 우선 과제는 몬스터와 싸우는 동안 약해져 버린 미합중국의 힘을 복원하는 것이었다.

타국과의 교류는 이 일이 끝난 뒤 다시 생각해 볼 문제였다.

한국은 한국 나름대로 세 달이라는 시간 동안 재기를 위해 열심히 달려왔다.

레지스탕스의 수뇌부들은 그전처럼 썩어 있는 정부가 아닌 투명한 정부를 만들 거라 다짐했고, 실제로 그리 행했다.

혹시라도 자신들이 권력의 맛에 현혹될 것이 두려워 이전 정부에 몸담고 있던 의원들 중, 세 장관의 반대편에서 진정한 자유민주주의를 위해 투쟁했던 이들을 포용했다.

그중엔 심현세도 있었다.

하지만 그는 국방부 장관의 위치를 지켜내진 못했다.

레지스탕스는 이미 그의 이미지를 세탁해 줬다.

다른 장관들처럼 나라를 쥐고 흔들려 했던 족속이 아니라, 정부 측에 심어둔 레지스탕스의 일원으로.

물론 문제가 되는 일이다.

이미 그것만으로도 투명한 정부를 만들겠다는 다짐에 흠집이 난 것이나 다름없다.

그러나 심현세가 레지스탕스를 물심양면 도와준 것 또한 틀림없는 사실이다.

그가 있었기에 일이 더욱 수월해졌다.

이 공로를 무시할 수 없었기에 레지스탕스는 결국 새 정부 출범 후 최초이자 최후의 예외로 심현세라는 인간의 이미지를 세탁해 주었다.

대신 장관직을 스스로 사퇴하고 일반 소시민으로서 살아가야 한다는 것에 심현세는 동의를 해야 했다.

아울러 부정하게 모든 재산도 전부 기부하기로 약조했다.

심현세는 이 모든 것을 받아들이고 당장 행했다.

목숨을 잃지 않고 딸의 병을 고칠 수 있다는 게 어디인가?

살아만 있다면, 그리고 딸아이가 건강하게 성장하는 걸 볼 수만 있다면 개똥밭에 굴러도 상관없었다.

대한민국에서 가장 높은 자리에 앉아 있던 한 사람으로서 무소불위의 권력을 휘두르다가 바닥까지 추락할 뻔했다.

심현세가 생각하는 바닥은 가족과 자신의 죽음이다.

그 바닥을 박차고서 다시 올라왔더니 정신이 번쩍 들었다.

이렇게 살아가게만 해준 레지스탕스에게 더없이 고마울 따름이었다.

게다가 이미지 세탁도 잘돼서 무슨 일을 하든 말아먹을 걱정은 없었다.

심현세의 일은 그렇게 정리됐다.

공로를 인정해서 구제는 해주되 정부의 일엔 관여하지 않는 것으로.

레지스탕스가 새 정부를 이끌고 나서부터는 대한민국에 활기가 돌았다.

마침 몬스터들이 더 이상 나타나지 않는 시국과 맞물린지라 더더욱 그러했다.

사람들은 무능하고 어리석으며 자기 배만 불리려는 이가 정치를 하면 하늘이 노하는 법이지만, 어질고 현명한 이가 정치를 하면 나라가 부강하는 법이라며 노래를 불러댔다.

그에 힘입어 정부도 열심히 일꾼의 노릇을 다했다.

그동안 몬스터들의 출현으로 어수선했던 내정을 재정비하고, 직간접적으로 피해를 입었던 국민들에게 나라에서 해줄 수 있는 최고의 복지를 약속했다.

약속에서 끝나지 않고, 발 빠르게 그것들을 실천했다.

사람들은 그런 정부를 칭찬하는 한편, 또 한 사람의 이름도 빼놓지 않고 입에 올렸다.

미러클 테이머 루아진.

그는 이미 한국의 영웅으로 불리고 있었다.

한국을, 지구를 이 모양으로 망가뜨린 장본인과 싸워 이긴 무적의 사내.

나라를 구한 의인.

그야말로 미러클이라는 수식어가 가장 어울리는 비욘더로

서 그는 높이 칭송받았다.

하지만 정작 본인은 전쟁이 끝난 직후 모습을 감추고 두문불출했다.

한국의 모든 방송사와 비욘더 길드 및 레지스탕스에서는 그를 찾기 위해 안달이 났지만 세 달이 지나가도록 아무도 아진을 볼 수 없었다.

*　　　*　　　*

"대체 어디 숨어 있는 거야, 이 고딩."

차서린이 비욘더 길드에서 업무를 처리하다가 문득 중얼거렸다.

"하여튼 처음부터 끝까지 속 썩인다니까. 그 고딩도, 이 빌어먹을 길드도."

차서린은 손에 들려 있는 서류를 빠르게 넘기다가 책상에 패대기쳤다.

"아, 짜증 나."

한 달 전부터 비욘더 길드의 업무는 완전히 재개편됐다.

몬스터가 더 이상 나타나지 않으니 기존의 틀을 깨고 새롭게 바꿔야 하는 건 당연한 일이었다.

그게 차서린은 마음에 들지 않았다.

전에는 쉴 틈 없이 피곤해도 지구의 안녕을 위한다는 막중

한 사명을 짊어진 만큼 업무에도 퀄리티가 있었다.

지금은 말도 안 되는 잡무만 죽어라 처리하고 있다.

비욘더들의 임무가 몬스터 사냥에서 국민을 위한 각종 재난 사고의 투입으로 바뀌었기 때문이다.

국가기관으로서 국민을 위해 일을 한다는 것? 매우 훌륭하다. 그러나 지금은 그 시스템이 제대로 정착하지 않아 비욘더들이 말을 듣지 않았다.

때문에 일거리가 들어와도 출동하는 비욘더가 더럽게 적은 반면, 불평불만을 토로하는 민원만 하루에 수백 통씩 들어왔다.

비욘더들은 주로 전리품을 팔던 전과 비교해 지금의 일은 돈이 안 되니 움직일 수 없다는 것이 주된 민원이었고, 시민들은 비욘더가 능력이 있으면 뭐하냐? 돈만 밝히는 속물들이니 전혀 도움이 안 된다는 불평이 대부분이었다.

하루 종일 길드 사무실에서 하는 일이라고는 민원에 답변해 주는 게 전부였다.

그러니 차서린의 짜증이 한계치에 임박할 만도 했다.

차서린은 의자를 박차고 일어나 그대로 길드를 나왔다. 그리고 그녀의 스포츠카를 타고 어디론가 향했다.

*　　*　　*

차서린은 중죄인들만 복역한다는 의정부 특수교도소 면회실에서 그의 아버지 차진혁과 유리 하나를 사이에 둔 채 마주보고 있었다.

"차라리 사형시켜 달라는 게 어때요?"

전에는 한국 비욘더 길드장으로서 나는 새도 떨어뜨리는 위엄을 자랑하는 사내가 차진혁이었다.

하지만 지금은 일개 죄수에 불과했다.

차진혁은 무기징역을 판정받았다.

평생을 교도소 안에서 썩어야 한다는 얘기다.

저 자존심 강한 인간이 그렇게 사느니 차라리 구질구질한 생, 빨리 끝내 버리는 게 더 낫지 않을까, 차서린은 생각했다.

그녀가 차진혁을 아버지로 인정했다면, 그래서 일말의 정이라도 남아 있는 상황이었다면 그런 냉정한 생각은 하지 않았을 것이다.

오래간만에 본 딸내미의 날이 선 첫마디에 차진혁은 씨근덕거렸다.

"그게 두 달 만에 본 애비한테 할 말이냐?"

"진심으로 도움이 될 것 같아 말한 건데요."

"아서라. 내가 잘못 키운 탓이지."

"알긴 아시네요."

"그리고 여기 네 생각보다 지낼 만해. 내가 어디 가든 대장은 먹는 인간이잖냐."

"항상 그 좋은 기질을 가지고 못된 짓만 해오셨죠. 그 결과가 지금 이거고."

"난 다시 나간다. 내가 평생 여기서 썩을 것 같냐?"

"다시 나오자마자 친자식한테 다시 잡혀 들어가면 참 재미있겠네."

차진혁의 속이 부글부글 끓었다.

조금이라도 오래 살려면 차서린을 빨리 보내 버리는 게 최선인 듯했다.

"보러 온 용건이 뭐야?"

"비욘더 길드, 그만둘게요."

"나 대신 지금 네가 길드장인데 그게 할 소리냐? 내가 다른 건 몰라도 길드만큼은 잘 꾸려 나가 달라고 부탁했을 텐데?"

"저도 그쪽이 내 친부라는 어쩔 수 없는 사실 때문에 그 부탁 들어주려 했는데, 도저히 못 해먹겠네요. 이렇게 재미없는 인생은 살기 싫어요."

"언제까지 그딴 철딱서니 없는 소리만 할 참이냐!"

"아빠가 원하는 대로 살지 않으면 난 철딱서니 없어지는 건가요?"

"차서린!"

"저는 분명히 얘기했어요. 여기까지 찾아온 것만 해도 제 입장에서는 예의 차려 드린 거구요. 그럼 가볼게요. 앞으로 평생 볼 일 없겠지만 만에 하나라도 거기서 나와 찾아온다면 밥 한 끼 정도는 같이해 줄게요."

차서린은 미련 없이 일어나 면회실을 나왔다.

"차서린 네 이년!"

그녀의 뒤에서 악에 받친 차진혁의 목소리가 휘몰아쳤다.

하지만 그런 것, 차서린의 귀에는 들려오지 않았다.

건물 밖으로 나오니 따스한 햇살이 눈부시게 쏟아졌다.

한 발 한 발 리드미컬하게 내디디며 그녀는 생각했다.

앞으로 어떤 일을 하면 재미있을까?

그리고 아진은 어디에 있는 걸까?

*　　　*　　　*

강철수는 다른 비욘더들과 달리 어떠한 잡일이라도 모두 두 팔 걷어붙이고 나섰다.

그에게는 먹여 살려야 할 가족들이 있었다.

그 가족들이 피가 섞인 혈연지간은 아니다. 하지만 피보다 뜨거운 정을 나눈 이들이다.

아무도 모르고 있는 사실이지만 그는 몇 년 전부터 춘천의 고아원 다섯 곳을 맡아 끌어나가고 있었다.

강철수가 버는 돈의 대부분은 고아원을 유지하는 데 사용되고 있었다.

그렇다 보니 정작 그는 다른 비욘더들처럼 호화로움과는 거리가 먼 생활을 해야 했다.

그러나 아무렇지 않았다.

아이들이 배곯지 않고 필요한 교육을 받으며 적당한 문화생활을 즐길 수 있다면 그걸로 좋았다.

그렇다 보니 요즘 같은 시절엔 목구멍이 포도청이다.

어떠한 일이라도 일단 들어오면 액수가 적든 크든 간에 마다하는 법이 없었다.

이번에도 강철수는 어떠한 사건인지 명확하게 알 수도 없는 일을 맡아 홀로 출동했다.

신고는 한 오피스텔 건물에서 들어왔다.

203호에서 한밤중 괴이한 괴물의 울음소리 같은 것이 들렸다고 한다.

혹시 몬스터가 아닐까 싶어 신고를 했고, 신고자를 비롯한 오피스텔의 모든 입주자는 만약의 사태에 대비해 전부 다른 곳으로 피신을 간 상태였다.

모두가 떠나 을씨년스러운 오피스텔로 강철수가 거침없이 들어갔다.

"제발 몬스터 하나만 나와라. 전리품으로다가 한몫 챙기게."

강철수는 203호의 문을 발로 걷어찼다.

쾅!

철로 된 문짝이 떨어지며 안으로 넘어갔다.

"나와라, 새끼야!"

강철수가 안으로 들어가서 소리를 빽 질렀다. 하지만 대답은 들려오지 않았다. 인기척도 없었다. 15평 남짓한 공간에는 기본적인 가구 외에 별게 없었다.

복층이 아닌 데다 따로 방이 존재하지 않으니 숨을 만한 곳이라고는 화장실밖에 없었다.

강철수가 화장실 문을 벌컥 열었다.

그러나 비어 있었다.

“뭐야?”

베란다를 살피니 문이 안에서 잠겨 있는 상태였다.

신고를 받고 바로 나왔는데 그사이에 도망을 친 모양이다.

옆집 사람이 잘못 들었을 리 없다. 신고자 말고도 오피스텔에 있던 모든 이들이 괴물의 울음소리를 들었다고 했다.

강철수는 집안에 있는 물건들을 뒤적였다.

그러나 옷장도, 이불장도, 냉장고도 전부 장식품이었다. 안에 들어 있는 것이 아무것도 없었다.

뒤지는 족족 허탕을 치던 강철수가 찬장 속에서 작은 수첩을 발견했다.

그것을 앞장서부터 차르륵 넘겨보니 글이 적혀 있는 건 고작 두 페이지밖에 되지 않았다. 나머지는 백지였다.

강철수는 그것을 가만히 읽어보았다.

수첩에 적힌 내용은 이러했다.

—원래 이런 식으로 기록하는 거 내 스타일 아니지만 이번이야말로 내가 생사의 기로에 섰음을 느끼겠거든. 삶에 미련 같은 거 정말 많이 남는 타입이라서 울적해지고 감상적이 되어버렸지 뭐야. 결국 펜 한 자루 들고 끄적거리는데 무슨 말부터 적어야 할까~? 음… 그냥 후회만 가득해. 그걸 먹지 말았어야 했는데. 그 괴물 같던 자이렉스를 아진이 불러낸 더 엄청난 괴물이 제압했지. 그리고 더 엄청난 괴물은 갑자기 주인의 목을 물어뜯으려 하다가 자결했고. 나는 근처에서 알짱거리다가 아진이 패닉 상태에 빠진 듯해서 그림자 타고 몰래몰래 다가갔거든. 더 엄청난 괴물이 죽으면서 떨어뜨린 코어를 먹으려고. 그걸 먹고 성장하면 내가 괴물의 힘을 다 흡수할 테니까. 그런데 계산 착오. 오히려 잡아먹히고 있는 건 내 쪽이야. 지금도 계속 정신이 오락가락해. 이 괴물은 막을 수가 없어. 도저히. 지금도 녹아내리는 중이야. 그리고 새살이 돋아나. 그런데 그건 내 것이 아니야. 그 괴물의 것이지. 이 괴물은 내 몸을 자양분 삼아 자신의 몸을 재생시키고 있어. 한평생 지배자로 군림하며 주지육림을 누려보려 했더니 이게 뭐람, 씨발. 인생 막장에 이딴 거지 같은 일기나 싸지르고 있고. 이제는 손도 마음대로 움직이지 않아. 마지막으로 하고 싶은 말만 적어둘게. 세상은 벌써 날 잊은 듯해. 하지만 누군가 이 일기를 발견한다면 절대 반드시 명심하도록 해. 나로 인해 죽었던 괴물이 다시 태어났다는 걸. 더 쓰는 건 아무래도 무리… 하음~

일기는 거기에서 끊겨 있었다.

수첩을 탁 덮은 강철수의 얼굴이 부들부들 떨렸다.

그가 분노에 찬 음성을 나직이 흘렸다.

"류시해, 이 개새끼."

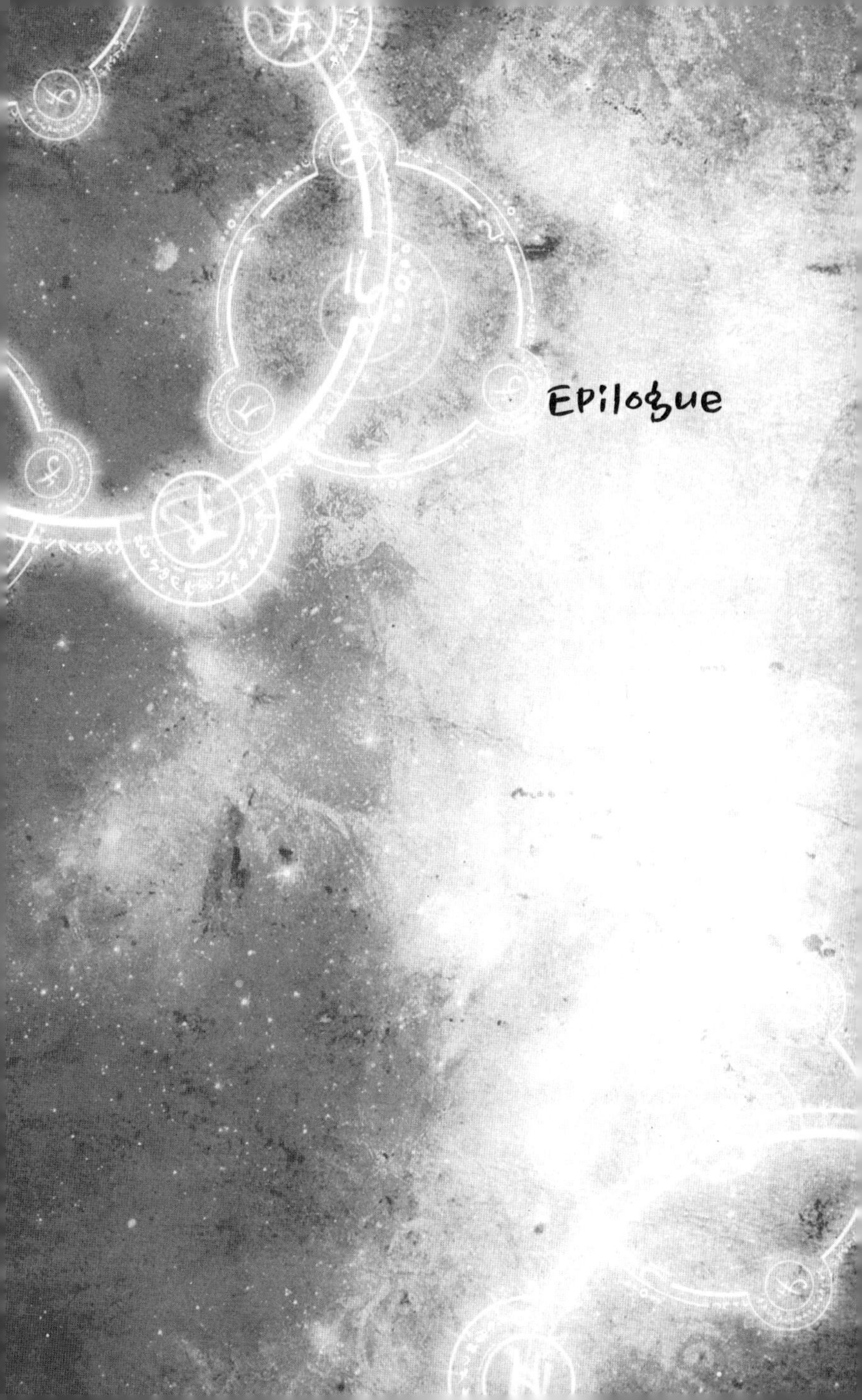

Epilogue

네 달 전.

아진은 아공간에 숨었다.

전쟁이 끝나고 세상에 평화가 찾아왔으나 그의 마음속엔 공허함만 남았다.

아버지와 이환, 그리고 데스페라도의 모든 동료들에게 한마디 말도 없이 그는 아공간에 스스로를 가뒀다.

그리고 아무것도 하지 않았다.

시간이 얼마나 흘렀는지도 몰랐다.

펫들이 전부 사라진 고요한 아공간에 드러누워 먹지도 않고 마시지도 않았다.

시체처럼 가만히 눈을 감고서 무의미한 시간만 흘려보냈다.
영양분을 공급받지 못한 그의 몸은 보기 안타까울 정도로 앙상하게 말랐다.
보통 사람이었다면 이미 저승 문턱을 밟았을 것이다.
운 좋게 살았다고 해도 모든 근육이 굳어 아무것도 하지 못한 채 곧 죽을 게 분명했다.
그러나 아진이기에 그나마 여태껏 버틸 수 있었다.
"……."
영영 떠지지 않을 것 같던 아진의 눈이 슬며시 열렸다.
잠시 그 상태로 멍하니 있던 아진은 천천히 몸을 일으켰다.
굳어버린 몸이 삐걱거리며 겨우 말을 들었다.
"나가자, 이제."
아진은 비로소 세상으로 나갈 때라 생각했다.
그동안 아진은 마음의 공허함과 상처를 치료하는 데 주력했다.
그는 세상을 구했다.
자이렉스와 키메라 군단을 몰살시켰고, 그 이전에는 썩어빠진 정부도 뿌리 뽑았다.
한국의 모든 이가 그를 칭송했다.
그의 활약상이 전 세계로 뻗어나간다면 그는 세계의 영웅이 될 터였다.
그러나 정작 아진은 정신적으로 크나큰 아픔을 감내해야

했다.

영웅?

아진은 스스로 영웅이 되려 한 적 없었다.

그저 가족과 사랑하는 사람들을 지키며 행복하게 살고 싶을 뿐이었다.

전쟁에 뛰어든 것도, 그 꿈을 이루기 위함이었다.

다른 사람들의 안위 같은 건 크게 중요치 않았다.

한데 아진에게는 그것만큼 소중한 존재가 또 있었다.

그전까지는 몰랐으나 잃고 나서야 알게 되었다.

샤오샤오.

녀석은 아진에게 너무나 특별한 존재였다.

샤오샤오는 다른 펫들과는 달랐다.

단순히 샤오샤오가 몬스터 로드의 유전자를 이어받은 특별한 종족이었기에 마음이 더 갔던 건 아니다.

샤오샤오에겐 사람의 마음을 끌어당기는 묘한 힘이 있었다.

게다가 아진은 몇 번이나 샤오샤오에게 도움을 받아 목숨이 위험했던 위기를 헤쳐 나갔다.

그래서인지 어느 순간부터 아진은 저도 모르게 샤오샤오를 의지하고 있었다.

녀석과 함께라면 어떠한 일이라도 헤쳐 나갈 수 있을 것 같았다.

그만큼 마음을 줬고, 애정을 줬고, 펫이 아닌 동료처럼 생각하게 됐다.

그런데… 더는 샤오샤오를 볼 수 없게 됐다.

그 사실이 아진을 힘들게 만들었다.

꼬박 삼 개월이라는 시간 동안 마음을 치료해야 할 만큼.

천천히 일어선 아진은 머리가 핑 돌아 비틀거렸다.

겨우 중심을 잡고 아공간에서 나왔다.

아진이 서 있는 곳은 네 달 전 전쟁을 끝낸 뒤 폐허가 된 바로 그 장소였다.

지금은 그때와 달리 전쟁의 상흔을 찾아보기 힘들만큼 말끔해진 상태였다.

모르는 사람이 보면 관리가 안 된 넓은 밭 정도로 알 것 같았다.

아진은 그 자리에 멍하니 서서 주변을 둘러봤다.

샤오샤오와의 마지막이 되었던 장소였다.

"샤오샤오."

그가 나직이 샤오샤오를 불렀다.

아무런 대답도 들려오지 않을 게 분명했지만, 그래도 불러보고 싶었다.

"후우."

저도 모를 한숨이 흘러나왔다.

"가자, 집으로."

더 이상 미련을 두는 것은 바보 같은 일이다.

"소환, 타……."

버릇처럼 타조를 소환해 타고 가려던 아진은 고개를 휘휘 저었다. 이미 다 죽어버린 녀석들이다. 그럼에도 아진은 아직 녀석들에 대한 미련을 놓지 못했다.

"쩝… 텔레포트."

쓰게 입맛을 다신 아진이 8서클 공간이동 마법 텔레포트를 시전했다.

그러자 환한 빛과 함께 그의 모습이 사라졌다.

* * *

아진의 방에 환한 빛 무리가 일더니 아진이 나타났다.

계속된 단식과 굳어버린 근육 탓에 아진은 텔레포트를 마치자마자 침대 위에 풀썩 주저앉았다.

아진은 현기증이 나는 머리를 잠시 진정시키고 방 안을 살폈다.

네 달 동안 주인의 손길을 타지 않은 방 안은 먼지 하나 없이 깨끗했다.

아진의 아버지가 아들이 언제든 돌아오기만을 기다리며 매일같이 청소를 한 덕분이다.

아진은 문을 열고 거실로 내려갔다.

거실엔 루송찬이 소파에 홀로 앉아 텔레비전을 보고 있었다.

그러다 인기척이 느껴지자 놀라서 뒤를 돌아보았다. 그러고는 더욱 크게 놀랐다.

"아진아!"

루송찬은 소파에서 뛰듯이 일어나 아진에게 달려왔다.

아진을 품에 얼싸안은 그는, 얼굴이며 몸을 이리저리 살피기 시작했다.

"이놈아! 어디 있다가 이제야 돌아왔어! 그래, 어디 다친 데는 없고? 그 좋던 몸이 다 곯았네. 어휴, 이 몹쓸 놈아. 이 나쁜 녀석아."

루송찬이 눈물을 주륵주륵 흘리며 아진의 등을 쓸어 내렸다.

아진이 그런 아비의 눈물을 닦아주며 미소 지었다.

"걱정 끼쳐 드려서 죄송해요. 저 괜찮아요. 이제 말도 없이 어디 가는 일 없을 거예요, 아부지."

"그래그래. 이제 두 번 다시 그러지 말아라. 이렇게 돌아와서 다행이다. 정말 다행이야. 고맙다, 고마워. 무사히 돌아와줘서 고마워."

한창 부자가 감동의 재회를 하고 있던 그때였다.

작은방 문이 열리며 아버지만큼이나 그립던 사람이 천천히 걸어 나왔다.

아진은 놀란 눈으로 그 사람의 이름을 불렀다.

"이환……?"

"아진 씨."

이환은 루송찬보다 차분하게 이 상황을 받아들였다.

그녀가 사뿐사뿐 다가와 아진의 두 손을 잡고 그의 두 눈을 가만히 바라보며 말했다.

"돌아올 줄 알았어요."

"이환이 왜 거기서 나와?"

"이놈아. 너는 환이한테 평생 감사하며 살아야 돼. 네가 사라지고 집에 홀로 남은 이 늙은이가 걱정된다고 이환이 집으로 들어와 살았다."

"네? 아니 이환… 그럼 수련은……."

"이 상황에서 그게 중요할까요?"

그 한마디에 아진은 한없이 고마움을 느꼈다.

그가 이환을 품에 안고 진심 어린 마음을 전했다.

"고마워, 이환. 정말 고마워."

"고마운 줄 알면, 앞으로 아버님이랑 저한테 잘하겠다고 약속해요."

"약속할게. 평생 잘하고 살게, 내가."

이환이 빙그레 미소 지으며 아진의 허리에 살포시 손을 둘렀다.

루송찬은 그런 두 사람을 보며 기쁨의 눈물을 하염없이 쏟았다.

아진은 이제 남아 있는 사람들을 지키며 행복한 나날을 보내야겠다고 다짐했다.

그런데 그때!

"……!"

어마어마한 기운이 집 앞 정원에서 느껴졌다.

아진과 이환의 얼굴이 동시에 딱딱하게 굳었다. 그런 기운을 감지하지 못하는 루송찬만 갑자기 찾아온 정적을 기이하게 여겼다.

"이환, 아버지랑 같이 여기 있어. 절대로 나오지 마."

이환이 고개를 끄덕였다.

아진은 빠르게 현관으로 다가가 문을 열고 밖으로 나갔다.

이것은 분명 몬스터의 기운이었다.

'그때 몬스터는 다 죽어버렸던 게 아니었나?'

의문을 가지고서 정원을 찬찬히 살피는 아진의 눈에 믿지 못할 광경이 들어왔다.

정원에 심어진 커다란 호두나무 기둥 뒤로 짜리몽땅한 연두색 꼬리가 보였다.

"말도 안 돼."

두 번 다시 볼 수 없을 거라 생각했던 꼬리였다.

그런데 그 꼬리가 호두나무 뒤에서 살랑거리고 있었다.

아진은 천천히 호두나무로 다가갔다.

저도 모르게 마른침이 목을 타고 넘어갔다.

'설마… 설마…….'

설마가 사람 잡는다고 했던가.

호두나무 뒤편으로 고개를 내밀어 꼬리의 주인을 확인한 아진이 비명을 질렀다.

"으악!"

그 소리에 화들짝 놀란 꼬리의 주인이 제자리에서 펄쩍 뛰었다.

"샤앗!"

"샤, 샤오샤오?"

아진이 떨리는 눈동자로 샤오샤오를 바라보며 물었다.

샤오샤오가 뒤돌아서서 아진에게 자신의 모습을 보였다.

"샤아……."

그러나 전처럼 선뜻 다가오지 못하고서 살짝 거리를 둔 채 얼굴을 붉혔다.

"너 진짜 샤오샤오야?"

"샤앗."

샤오샤오는 크게 고개를 끄덕였다.

"어, 어떻게……."

아진은 말을 하다 말고 자신의 뺨을 세게 꼬집었다.

환장하도록 아팠다.

꿈이 아니었다.

그렇다고 자신이 죽은 것 또한 아니었다.

고작 네 달 굶었다고 죽어버리기엔 자신의 몸은 너무나 강인했다.

"샤오샤오 너 분명히 그때……."

아진은 차마 말을 다 잇지 못했다.

'그때 죽었잖아'라는 말은 도로 삼켰다.

샤오샤오는 그런 아진에게 다가와 손을 살며시 잡았다.

그러자 샤오샤오가 겪었던 일들이 그대로 아진의 머릿속으로 스며들어 왔다.

"뭐……? 아직 네 혼이 코어에 담겨 있었는데, 그걸 류시해가 삼켰다고?"

"샤앗."

"그래서 류시해의 몸을 자양분 삼아 재생하게 된 거라고?"

"샤아아."

"폭주령은?"

"샤아."

샤오샤오가 고개를 절레절레 저었다.

"그래… 소멸됐구나. 하, 하하. 하하하하하! 정말 다행이다. 다행이야! 다행이라고, 샤오샤오!"

아진이 샤오샤오를 번쩍 들어 안고서는 빙글빙글 돌았다.

그 소란에 이환과 루송찬이 집 밖으로 나왔다.

"어? 샤오샤오?"

이환이 먼저 샤오샤오를 알아봤다.

"어떻게……."

지구에 존재하던 모든 몬스터는 최후의 전쟁이 있던 그날 전부 죽었다.

그런데 어떻게 샤오샤오만 살아 돌아온 건지 의문이었다.

그때 불현듯 얼마 전 강철수가 이환에게 했던 말이 떠올랐다.

강철수는 류시해가 살아 있었고, 그 녀석이 괴물로 변해 버렸던 샤오샤오의 코어를 먹었다고 했다.

아마 지구에 다시 강력한 몬스터가 나타날지도 모르니 조심하라는 말을 당부했다.

'그랬구나. 샤오샤오는 다시 괴물이 된 게 아니었어.'

이환은 강철수가 크게 오해하고 있는 부분을 바로잡아 주어야겠다고 생각했다.

그렇지 않으면 계속 날을 잔뜩 세우고서 피곤한 하루하루를 살아갈 사람이니까.

*　　*　　*

최후의 전쟁 이후 1년이라는 시간이 흘렀다.

미국이 시행했던 절대적 불가침조약은 드디어 깨졌다.

그러면서 아진의 활약상 역시 전 세계로 퍼져 나갔다.

아진은 자신의 의지와 관계없이 세계적 영웅이 되어 그 이름을 널리 떨쳤다.

한 치 앞의 미래도 알기 힘들었던, 갈수록 점점 더 암운이 드리워지기만 하던 지구의 앞날에 드디어 볕이 들었다.

아진이 있었기에 가능한 일이었다.

몬스터의 공세에서 끝까지 살아남은 국가들은 오랜 세월 누적된 상처들을 열심히 회복시켜 나가는 중이었다.

지구에 사는 모든 이들은 매일 아침 눈을 뜰 때마다 동방의 작은 나라 한국, 그중에서도 아진이라는 미러클 테이머에게 감사하는 마음을 가졌다.

그러나 정작 이 대단한 일을 해낸 사내는 자신에게 집중되는 스포트라이트에는 관심도 없었다.

반년 전 혼인을 한 부인과 아버지를 모시고서 어제도, 오늘도 잘 먹고 문화생활을 즐기며 행복한 하루하루에 충실할 뿐이었다.

아마 그런 일상은 내일도, 아니, 평생토록 이어질 것이다.

그것이 아진이 바라던 것이었으니.

"여보, 밥 먹어요."

"밥 먹어라, 아들!"

"샤앗!"

서재에서 독서를 하던 아진의 귀로 달콤한 음성들이 들려왔다.

아진의 입에 절로 기분 좋은 미소가 어렸다.
아진은 읽던 책을 덮고 서재를 나섰다.
이제는 진정 그가 바라던 삶을 즐길 때였다.

『미라클 테이머』 완결

▪ Illustrator : 김재범 ▪

GRAND SLAM
FUSION FANTASTIC STORY
자미소 장편소설
그랜드슬램

FUSION FANTASTIC STORY

서산화 장편소설

Miracle Direction 기적의 연출

천재 영화감독, 스크린 속 세상을 창조하다!

『기적의 연출』

대문호 신명일과 미모로 손꼽히던 여배우 김희수의 아들 신지호.
일가족은 불운한 사고로 인해 크나큰 비극을 겪는다.
이 사고로 섬광 기억(Flashbulb memory)이라는 능력을 얻게 된 그 순간!
그의 모든 게 달라졌다.

"배우의 혼을 이끌어내고, 관중의 영혼을 붙잡아야 합니다.
그게 제 목표입니다."

완전한 감독을 꿈꾸는 신지호.
이제 그의 영화가, 세상을 홀린다!

Book Publishing CHUNGEORAM